BBULMEDIA

www.bbulmedia.com

www.bbulmedia.com

CITY OF
WILD BEAST

맹수의 도시

CITY OF
WILD BEAST
BBULMEDIA FANTASY STORY
동은 현대 판타지 소설

6

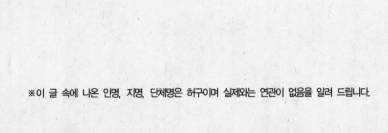

contents

1.
악몽의 밤

CITY OF
WILD BEAST

김택훈은 독실한 종교 신자다.

종교를 믿기 시작한 것은 아내가 그의 직업을 알았을 때부터였다.

아내는 그의 안고 울었다.

제발 그러지 말라고. 사람 죽이지 않아도 먹고 살 수 있다고.

하지만 김택훈은 그럴 수가 없었다.

그는 고등학교 시절부터 유명한 일진이었다. 학교 선생들까지 그를 겁내어 제대로 제어를 하지 못했기에, 학교는 그의 천국이었다.

온갖 셔틀이 존재했고, 오직 그만 떠받들어졌다.

아침부터 반 급우들을 괴롭히기 시작해서 학교를 파할 때까지 이어졌다.

죄책감은 없었다.

아니, 그게 당연했다. 약한 놈은 강한 놈에게 먹히는 것이니까.

고등학교 3학년이 되었을 때 일이 터졌다.

그가 괴롭히던 학생이 자살을 해 버린 것이다.

전국적으로 큰 사회적 파장을 일어났다.

어쩔 수 없이 그는 자퇴를 할 수밖에 없었다.

어머니가 전학을 권했지만, 더 이상 학교에 남아 있기 싫었다.

그는 사회로 나가서 자신의 실력을 보여 주고 싶었다.

곧바로 선배에게 연락을 해서 대치동 파에 들어가게 되었다.

대치동 파는 엄청난 조직.

간부만 되면 수십 명의 여자와, 어마어마한 돈, 멋진 차가 뒤따랐다.

그렇게 살고 싶었다.

하지만 그가 처음에 한 일은 사람을 죽이는 것이었다.

겨우 19살의 일.

손에 피를 묻힌다는 것.

그것은 아이들을 괴롭히는 것과는 차원이 달랐다.

상대방의 몸에 칼이 쑥 들어갈 때의 느낌은 서른이 넘은 지금도 잊을 수가 없었다.

상대는 노인이었다.

김택훈의 할아버지뻘인 노인.

그래도 간부가 되기 위한 일념에 피를 묻혔다. 그는 칼을 들고 자수했다.

미성년자인 것과 자수한 것이 참작이 돼서 2년 형을 받고…….

2년 뒤 그는 노현국의 밑으로 들어갔다.

그 후 지금까지 세 명을 죽이며, 한 번도 명을 어긴 적은 없었다.

하나 사람을 죽이고 나면 한 달간은 악몽에 시달린다. 매일 밤, 죽인 사람이 찾아와서 '왜?'냐고 물었다. 똑같은 말을 반복한다.

그게 미치도록 싫었다.

그리고 아내의 손에 끌려 종교를 믿게 되었을 때 그는 새로운 세계를 경험했다.

진심으로 울며 잘못했다고 빌자 신께서 그를 용서해 주신 것이다.

사람을 죽인 후 매일 밤 찾아오던 악몽도 사라져, 그는 더욱 종교에 심취했다.

누구보다 성금도 많이 냈다. 그러면 그럴수록 자신의 죄가 사라질 것이라 믿으면서.

하지만 신은 진실로 자신을 용서한 게 아닌 거 같다.

다만 악몽이 사라진 이유는…….

악마를 만난 나를 동정해서일 것이다.

*　　*　　*

팟!

현율 실업 건물 1층의 불이 꺼졌다.

팟!

건물 2층의 불이 꺼졌다.

팟! 팟! 팟!

연속으로 불이 꺼진다.

정전이 일어난 것처럼 건물 전체가 소등이 되었다.

"이, 이게 무슨 일이야."

"야! 불 켜!"

"이 씹새끼들이!"

JM기업의 건달들이 공황상태에 빠졌다.

불이 꺼지자 앞이 전혀 보이지 않았다.

그러고 보니 창문도 커튼으로 막아 놓은 듯했다. 빛이 건물 안으로 거의 들어오지 않았다.

노현국은 뭔가 잘못되었다는 것을 알았다.

"설마 함정인가?"

함정이라면 끝장이었다.

50명이란 인원을 한꺼번에 몰아 놓고 모조리 처치할 셈이리라.

마도수란 놈.

이렇게 대담하게 나올 줄이야.

김종민 회장을 직접 친 것도 모자라 자신들이 어떤 식으로 나올지도 예상하고 있었다.

여기서 탈출하지 못하면 정말로 큰일이 벌어지고 만다.

"여긴 함……."

노현국이 함정이라고 외치려는 순간이었다.

치이이이이이이익—

엄청나게 매운 가스가 사방에서 분출이 되었다.

눈을 뜨지 못할 만큼 매운 가스였다. 눈물과 콧물이 질질 흘러나왔다.

예전 군대에 있을 때 가장 고통스러운 훈련 중에 하나였던 화생방을 능가한다.

"콜록콜록."

"아악, 매워! 이건 뭐야!"

땡, 땡그랑.

동생들이 무기를 떨어트리는 소리가 들렸다. 그들은 손으로 코와 입을 막고 심하게 기침을 했다.

이건…… 가스총이었다.

놈들의 주력 사업은 보안 회사. 당연히 모든 출동 직원들이 가스총을 보유했다.

그것이 일시에 뿜어져 나오고 있었다.

어서 나가야 돼. 어서!

본능의 소리가 그들의 뇌리에서 사정없이 울려 댔다.

"단 한 놈도 내보내지 마라! 모조리 조져!"

거대한 울림이 건물 곳곳에 울렸다.

노현국으로서는 가장 듣고 싶지 않던 소리였다. 숨어 있던 놈들이 모습을 드러냈다.

그와 함께 사방에서 뭔가 터지는 소리가 들렸다.

"사, 사람 살려!"

"으아아악!"

비명 소리가 난무한다.

누군가와 싸우는 소리는 전무하다.

오직 들리는 소리는 JM기업 건달들이 울부짖는 처절한 비명뿐이었다.

빡! 빡! 빡! 빡! 빡!

쉴 새 없이 울리는 폭력의 소리.

끝없는 비명.

비명 소리는 차차 줄어들었다.

"나와! 이 새끼야! 나오라고!"

노현국은 품에 있던 칼을 빼내 들고 마구 휘둘렀다. 어느새 어둠이 눈에 익었다.

사물을 분간할 정도는 된다.

그러나 너무 늦었다. 주변에는 검은 그림자가 가득 자리를 잡고 있었다.

그들이 누구인지 짐작한다.

현율 실업의 개자식들.

검은 그림자 중에 하나가 다가왔다. 그림자의 모양으로 보아 그리 덩치가 크지 않았다.

"이 개새끼들! 뒈졌어!"

악에 받친 노현국이 그림자를 향해서 칼을 쭉 뻗었다.

자신도 시야가 한정되어 있으니 상대도 그럴 것이라 여겼다.

비록 습격을 당했지만 그것만 아니라면 같은 조건.

하나 그의 칼은 그림자를 맞추지 못하고 허공을 갈랐다.

사내는 노현국의 턱을 쇠파이프로 올려쳤다.

덜컥!

턱뼈가 부서졌다, 라는 것을 느낀다. 입안에서 이빨이 부러지며 입 밖으로 튀어나왔다.

노현국의 고개가 뒤로 넘어갔다. 정신이 아찔해진다.

그림자가 노현국의 머리채를 잡고 앞으로 끌자, 그는 힘없이 앞으로 끌려와 무릎을 꿇었다.

그림자는 노현국의 귓가에 속삭였다.

"애미나이 새끼, 니깟 놈이 회장님을 욕보였다는 말이네? 뒈져 보라우."

리영춘이었다.

그는 도수가 JM기업 사옥에서 당했던 굴욕을 잊지 않고 있었다. 도수가 괜찮다고 말했지만 그의 입장에서는 아니었다.

자신이 모시는 사람이다.

회장의 모욕은 그에게 몇 배나 치욕을 안겼기에 독기를 품고 이런 날이 오기를 기다렸다.

현율 실업 건물에 침입자들을 가장 많이 쓰러트린 것도 리영춘과 고기만이었다.

그들은 인정사정없이 칼을 휘둘렀다.

만약 도수가 침입자들을 죽이지 말라는 소리가 없었다면 쓰러진 자들 중에 상당수가 이미 불귀의 객이 되어 있을 것이다.

리영춘의 옆으로 서너 명의 사내들이 자리했다.

그들의 손에 무기가 들려 있는 것은 당연했다.

리영춘이 먼저 쇠파이프를 휘두르자 다른 사내들도 같이 무기를 내려쳤다.

빡! 빡! 빡! 빡!

노현국은 들고 있던 칼을 버리고 손으로 머리를 감쌌다.

팔과 다리가 부러지더라도 시간이 지나면 낫는다. 허리가 부러져도 충분한 요양을 하면 된다.

하지만 머리통이 부서지면 그것으로 끝이었다.

세계 어떤 의료진이 오더라도 뇌는 되살릴 수 없으니까.

그렇다고 하더라도 폭력은 무자비했다.

머리를 감싸고 있던 손등이 깨지며 조각조각이 나고 말았다.

등허리도 부러졌는지 감각이 없었다. 의식도 점차 사라져

갔다.

이대로 죽는 것인가.

노현국은 그렇게 생각했다.

악에 받쳐 욕을 하고 싶은 마음도 없었다. 그저 저들의 폭력이 여기서 멈추기만 기도할 뿐이었다.

"그만."

중저음의 목소리가 들렸다.

그와 함께 리영춘의 구타도 멈췄다.

팟!

소리와 함께 불이 켜졌다.

노현국은 피를 흘리며 흐릿한 눈으로 고개를 옆으로 돌렸다.

그의 시선에 잡힌 것은 지옥도의 한 편이었다.

바닥은 온통 피범벅이다. 피로 웅덩이가 만들어진 것처럼 질퍽질퍽 거렸다.

자신의 양쪽 팔인 이율과 김택훈이 바닥에 쓰러진 채 신음을 흘렸다.

그들뿐만이 아니었다.

JM기업의 어두운 단면을 도맡아 하던 조직원들이 단 한 명도 남기지 않고 당한 것이다.

노현국은 눈을 질끈 감았다.

죽고 싶은 심정이었다.

자신에 의해서 JM기업의 불패 신화가 막을 내린 것만 같았다.

완패.

그것으로 밖에 지금의 상황을 설명할 길이 없다.

현율 기업 사원들이 양쪽으로 벌어지자 그 사이로 거구의 도수가 모습을 나타냈다.

직접 가담하지는 않았는지 옷에 피는 묻어 있지 않았다.

그는 노현국의 앞으로 다가와 한쪽 무릎을 꿇었다.

"이봐요, 선배. 여기는 무슨 일입니까?"

선배라고는 했지만 목소리는 무척이나 서늘했다.

당장이라도 저 거대한 주먹으로 자신을 내려칠 것만 같았다.

며칠 전 그는 김명필과 고낙훈, 신상현이 있는 병원에 다녀왔다.

고낙훈과 신상현은 중환자실에 있어서 만나 볼 수가 없었다.

얼마나 다쳤냐고 간호사에게 물어보니 고낙훈은 안면이 함몰되고, 신상현은 턱이 뜯겨져 나갔다고 했다.

무슨 말도 안 되는 소리냐고 노현국이 간호사에게 소리쳤다.

겁을 먹은 간호사는 덜덜 떨며 정말이라고 말했다. 살아 있는 것을 감사해야 한다고.

오랜 시간 같이 해 온 전우와 마찬가지인 그들이 그토록 무참하게 당했다는 사실에 노현국은 강한 분노를 느꼈다.

그 분노는 도수에게 고스란히 돌아갔다.

당시 상황을 알기 위해 그다지 큰 상처를 입지 않은 명필의 병실로 갔다.

명필은 정신이 반쯤 나가 있었다. 그는 노현국을 보자마자 벌떡 침대에서 일어나고는 급히 다가와 노현국을 잡고 물었다.

"악마, 악마는 여기에 오지 않았죠?"

"악마라니 무슨 소리인가?"

노현국이 되물었다.

"모르십니까? 그 악마가 회장님을 찾아왔잖아요. 주먹으로 고낙훈 실장의 얼굴을 뜯고, 발길질로 신상현 부장의 턱을 뜯어 버렸잖아요. 정말 몰라요?"

"무슨 헛소리야. 말이 되는 소리를 하게. 그들의 인간의 주먹에 의해서 그렇게 됐다고? 헛소리 마!"

짜증이 솟구쳐 오른 노현국은 김명필에게 소리쳤다.

"정말입니다, 정말이라고요! 그자는 악마라고요. 으으으…… 그렇게 무서운 자를 본 적이 없어요. 다시는, 다시는 보고 싶지 않아요."

"마도수, 정말 그자가 그렇게 만들었다는 말인가?"

"마, 마도수? 그래, 그, 그 악마. 으으으으으……."

김명필은 자신의 귀를 양 손바닥으로 막고는 침대 구석으로 기어 들어갔다.

"이게 뭐하는 짓인가. JM기업의 간부가 이런 어처구니 없는 꼬락서니를 보이다니. 당장 이리로 나오지 못하겠나."

노현국은 침대 밑으로 기어 들어가는 명필의 발목을 잡았다.

하지만 명필은 나올 생각이 전혀 없는 모양이었다.

그는 귀를 막고는 '으이이이이이이이이. 살려 줘, 살려 줘.'를 반복했다.

"이봐, 간호사, 간호사!"

명필에 대해서 알고 있는 노현국은 이해 불가 상태에 빠졌다.

언제나 냉철하고, 이성적이며, 사물을 객관적으로 판단을 할 줄 아는 사내의 모습은 무척이나 이질적이었다.

비록 그와 성격이 맞는 것은 아니지만, 뛰어난 두뇌로 JM기업의 일조를 하고 있다는 것은 부인할 수 없는 사실이었다.

그런 그가 저렇게 초라한 모습으로 울부짖고 있는 것이 이해되지 않았다.

간호사들이 급히 달려와 명필은 안정시켰다.

"도대체 왜 저런 거요."

현국이 간호사들에게 물었다.

"심한 정신적 충격을 받아서 그럽니다. 지금은 절대 안정을 취해야 해요. 자극적인 말은 삼가 주세요."

그때의 충격이란 이루 말을 할 수가 없었다.

그리고 명필에게 그런 충격을 준 사내가 눈앞에 있다.

저 사내의 목줄을 따러 왔건만 반대의 상황이 벌어진 것이 달라진 점이지만.

"……."

노현국은 아무런 말을 하지 않았다.

도수의 손아귀에 들어간 이상 자신이 할 수 있는 것은 아무것도 없었다.

탈출은 죽었다 깨어나도 불가능하다.

"대답하지 않으실 모양이군요. 좋습니다, 그럼 간단하게 묻죠. 김종민 회장, 어디 있습니까? 쓰러진 자들 중에는 없던데."

"……."

"김종민 회장과 의리를 지키시는 것이라면 하등 도움이 되지 않는다는 것을 가르쳐 드리고 싶군요."

도수는 리영춘에게 손을 내밀었다.

그는 안주머니에서 사진 한 장을 꺼내 도수 손에 올려놓았다.

도수는 받은 사진을 노현국 눈앞에 놓았다.

사진 안에는 아내와 두 딸이 방긋 웃고 있는 모습이 찍혀 있었다.

경악한 노현국이 두 눈을 동그랗게 뜨고 도수를 바라봤다.

"내 가족을 건드리기만 해 봐! 지옥 끝까지 쫓아가서 네 놈 목을 도려낼 테니까!"

가족의 생사가 걸리자 노현국의 기세가 살아났다.

"웃기는 소리군요. 선배의 동생들이 제 뒷조사를 한 걸 알고 있습니다. 아마도 제가 미나의 계약서를 가지고 오지 않는다면 가족을 볼모로 협박을 할 생각 아니셨습니까?"

"으윽……."

노현국은 아무런 말을 하지 않았다.

놈이 거기까지 알고 있는지는 예상하지 못했다.

도대체 도수가 어디까지 수를 생각하고 있는지 새삼 두려워진다.

"하, 하지만……."

"하지만 제게는 가족이 없죠, 그렇죠?"

"그, 그래."

"왜 그런지 아십니까?"

"……."

대답할 수 없는 질문만 한다.

노현국은 다시 말문이 막혔다.

"제가 대답해 드리죠. 제 가족은 누군가에 의해서 이 세상에 없기 때문입니다. 그리고 그 중에 한 명이 바로 김종민 회장입니다. 아셨습니까? 저는 그를 가만히 두지 않을 겁니다. 당신이 입을 다물고 있다면 무슨 수를 써서라도 알아낼 것이란 말입니다. 입을 다물어 시간을 벌 수 있을지는 몰라도 당신은 당신 가족의 끔찍한 몰골을 보게 될 것입니다. 나와 같이……."

도수의 눈빛이 점점 서늘하게 변했다.

꿀꺽.

노현국은 자신도 모르게 마른침을 삼켰다.

이자의 분노는 상상보다 훨씬 깊다.

문득 이 모든 상황이 이자의 의해서 벌어진 것이 아닐까, 라는 의문이 들었다.

가족의 복수를 위해서라면?

자신도 무슨 짓이든 할 것 같았다.

더 이상 무의미한 침묵은 필요 없었다.

"내, 내 가족은 건들지 말아 주시오, 부탁이오."

"그렇게 하지요. 김종민 회장만 넘긴다면."

"밖에……. 검은색 벤츠에 타고 있소."

고개를 끄덕인 도수가 자리에서 일어났다. 그는 기현을 보며 말했다.

"여기 정리를 맡기겠다."

"걱정하지 마십시오. 직접 가십니까?"

"내가 처리해야 할 문제니까."

도수가 건물 밖을 향해서 뚜벅뚜벅 걸어갔다. 걸어가는 속도가 점점 빨라진다.

기현은 리영춘을 향해서 눈짓을 했다. 끝까지 회장님을 보호하라는 의미였다.

그의 의도를 알아차린 리영춘과 고기만이 급히 도수의 뒤를 쫓았다.

기현은 주위를 돌아보았다.

완전 난장판.

오십 명이나 되는 거구의 사내들이 피를 흘리며 쓰러져 있는데, 당연한 일이었다.

그는 미소를 지었다.

완벽한 승리라는 말 말고는 표현할 길이 없었다.

오십 명의 뛰어난 실력을 가진 조직원들을 맞서서 단 한 명도 쓰러지지 않았다. 놀라운 일이 아닐 수 없었다.

현율 실업의 직원들도 믿어지지 않는 표정으로 홍조를 띠고 있었다.

어제 했던 도수의 말이 아직도 잊혀지지 않는다.

"내일 쯤 JM기업 놈들이 쳐들어올 거야. 그러니 만반의 준비를 하도록."

"네? 김종민에게 일주일의 시간을 주었다면서요. 그런데 갑자기 습격을 해 오다니요. 놈의 목줄을 이쪽이 쥐고 있는데."

"놈의 자존심을 상당히 건드렸거든. 자신의 이권은 이미 머릿속에서 사라졌을 거야. 오직 나를 죽이기 위해서 놈은 움직인다. 반드시."

도수의 말은 실현되었다. 그의 말대로 만반의 준비를 갖쳤다.

설마 이렇게까지 완벽하게 걸려들 줄은 몰랐지만.

그는 도수의 뒷모습을 우두커니 바라봤다.

마도수.

그는 싸우기 위해서 태어난 사람이다.

짝짝!

기현은 손바닥을 마주쳐, 1층에 있는 모든 직원들의 시선을 집중시켰다.

"이제부터 바쁘게 움직여야 할 거야. 이 쓰레기들을 아침 해가 뜨기 전에 모두 치워야 하니까."

*　　*　　*

김종민은 차 안에서 초조하게 기다렸다.

초조함을 참지 못하고 창문을 열어 담배를 폈다.

코가 나을 때까지 담배를 펴지 말라고 의사가 신신당부를 했지만, 지금은 담배 없이 도저히 참을 수가 없었다.

"1층 불이 꺼졌습니다."

운전석에 있던 마동춘이 조심스럽게 말했다.

그가 본래 김종민의 경호실장이다.

주먹질로는 서울에서 당할 자가 없다고 자부하는 자였다.

그렇기에 김종민은 꽤나 많은 돈을 주고 그를 고용했다.

하지만 그가 외근을 나갔을 때 도수가 밀어닥친 것이다.

그러나 그가 있었더라고 하더라도 상황은 바뀌지 않았을지도 모른다.

그 괴물과 같은 능력은 살아평생 처음 보는 것이었으니까.

"봤어."

마동춘의 말에 김종민이 대답했다.

"2층도 꺼졌습니다. 어라, 건물 전체가 소등되었습니다."

"나도 눈이 있어."

시작한 모양이다.

불을 끈 것은 아마도 현율 실업 개자식들.

그들의 머릿수가 월등하게 적기에 어떡하든 살아남기 위해 발버둥을 치는 것이라 여겨진다.

김종민의 마음이 더욱 초조해진다.

마도수, 그 괴물을 떠올리자 몸서리가 쳐졌다.

인간이 맨몸으로 호랑이 앞에 서 있는 것 같은 공포와 두려움을 느꼈다.

그러나 놈을 잡는다면 그 희열은 이루 말할 수 없으리라.

반드시 그렇게 돼야만 했다.

놈을 잡지 못하거나, 놓친다면 어떤 식으로 나올지 빤히 예상이 된다. 놈은 자신의 살인을 모든 언론사에 뿌릴 것이다.

그리고 십 년이 넘게 걸쳐 세운 그의 왕국은 모래성처럼 무너지고 만다.

그렇기에 절대로 놈을 놓칠 수는 없다. 무조건, 무조건 잡아야 한다.

초조한 시간이 지났다.

꺼졌던 건물의 불이 켜졌다. 안에서는 아직 아무런 연락이 없었다.

"야, 노현국 이사한테 연락해 봐."

"알겠습니다."

마동춘은 노현국에게 전화를 걸었다.

신호가 끝까지 울리지만 받지 않는다. 한 번 더 걸어 보았다.

……역시 받지 않는다.

"받지 않는데요."

어쩐지 낌새가 이상하다.

일이 끝났으면 분명 연락이 올 텐데.

혹시 핸드폰이 사투 중에 망가진 것은 아닐 테지.

"다른 놈한테 연락해 봐."

"알았습니다."

마동춘이 김택훈의 번호를 찾아서 통화 버튼을 눌렀다. 아니, 통화 버튼을 누르려는 참이었다.

굳게 닫혔던 현율 실업 건물의 정문이 열렸다.

"어, 문이 열렸습니다."

마동춘은 핸드폰을 집어넣고는 차 문을 열고 밖으로 나갔다.

마도수라는 놈을 잡았는지 확인하기 위함이었다.

하지만 아무리 봐도 저 덩치 큰 놈은 현율 실업 건물 안으로 들어갔던 부하들이 아니었다.

덩치 큰 사내가 움직였다.

그는 마동춘과 김종민이 있는 차를 향해서 맹렬하게 뛰기 시작했다.

김종민은 그대로 얼어붙고 말았다.

설마, 설마 했던 일이 정말로 벌어졌다.

JM기업 최정예로 구성된 조직원 50명이 저 안에서 모조리 당했다는 말인가.

말도 안 돼.

있을 수가 없는 일이었다.

"막아! 빨리 막아! 저, 저놈이 마도수다! 저놈이 마도수라고!"

김종민은 눈동자가 붉게 타올라 목이 터져라 외쳤다.

일부러 현율 실업 건물과 거리를 둬서 주차를 시켜 두었다.

현율 실업에서 벌어진 살육이 자신과는 관계가 없다고 이미 알리바이를 만들려는 의도였다.

그의 의도는 산산이 부서졌다.

아니, 오히려 그의 생명줄이 되고 말았다.

가깝게 차를 주차했다면 벌써 놈이 이곳까지 도달했을 테니까.

"네? 저자가 마도수라고요?"

마동춘이 되물었다.

"그래, 이 멍청한 새끼야! 빨리 놈을 막아! 아니, 빨리 차를 빼!"

"도대체 무슨 수를 써서 저곳에서 빠져나왔는지 모르지만 제가 끝장을 내고 말겠습니다."

마동춘은 주머니에서 링이 박힌 가죽장갑을 끼었다. 그는 앞차의 뒤편을 두드렸다.

그러자 타고 있던 마동춘 직속 수하 여섯 명이 차에서 내렸다.

그들은 허리춤에서 칼을 빼 들고 도수를 향해서 달려갔다.

그리고…….

김종민은 다시 보고 싶지 않을 아수라장을 두 망막에 각인시키고 말았다.

도수는 김종민이 어디에 타고 있는지 한눈에 알아볼 수가 있었다.

이곳은 강남.

그가 타고 있는 고급 세단은 얼마든지 볼 수가 있다.

그러나 그의 차에서 풍기는 역한 느낌은 도수가 있는 곳까지 그대로 전달이 된다.

도수는 김종민을 향해서 곧장 뛰기 시작했다.

이제 놈을 잡으면 천상에서 나락까지 추락시키는 일만 남았다.

얼마나 기다려 왔던가.

얼마나 고대하던 순간인가.

김종민의 얼굴이 또렷하게 보였다.

놈은 뒷창문을 열고 담배를 펴고 있는 중이었다. 손가락을 밖으로 빼고 담배를 잡고 있다.

도수와 눈이 마주친다.

김종민이 깜짝 놀라서 담배를 바닥에 떨어트렸다. 그가 밖으로 나온 덩치 큰 사내에게 뭐라고 소리를 친다.

사내가 씩 하고 웃는다.

그는 앞에 있던 승합차의 뒷문을 탕탕 거리며 소리 나게 쳤다.

곧 이어 여섯 명의 사내들이 차에서 내렸다. 그들 모두 도수에게 곧장 다가오며 칼을 꺼내 들었다.

일곱 놈.

놈들의 안광으로 보아 만만치 않은 자들로 보인다. 리영춘이나 고기만과 같은 살수는 아니었다.

저들에게서는 체계적으로 교육을 받은 군인의 냄새가 난다.

들고 있는 칼도 모두 군용 단검이었다.

도수는 그들을 향해 더욱 속도를 높였다. 놈들도 빠르게 다가왔다.

두 무리의 사이가 순식간에 좁혀졌다.

그때였다.

"회장님, 조무래기들은 저희에게 맡기시라요."

리영춘과 고기만이 도수를 앞질러 나갔다. 그들의 손에는 시퍼렇게 날이 선 칼이 들려 있었다.

김종민의 경호원들과 도수의 경호원들이 한꺼번에 뒤엉켰다.

리영춘과 고기만의 동물적인 감각이 한발 빨랐는지 그들의 칼이 두 명의 경호원 목을 훑고 지나갔다.

스치듯이 지나쳤을 뿐인데 그들은 칼을 떨어트리고 목을 부여잡는다.

손가락 사이로 엄청난 양의 피가 솟구쳤다.

"간나 새끼들, 오늘 아주 뿌리를 뽑아 버리갔서! 모두 뒈질 준비하기오!"

리영춘의 살벌한 목소리가 확성기처럼 곳곳으로 울렸다.

덕분에 도수는 속도를 늦추지 않았다.

김종민이 앞 좌석으로 옮기는 것이 보였다. 놈이 시동을 걸고 도주를 한다면 골치가 아파진다.

상준처럼 완전히 몸을 숨기지는 않을 것이다.

대신 다시 조직원들을 정비해서 도수의 목을 노릴 가능성이 높았다.

아직 그에게는 100명 이상의 조직원들이 남아 있었다.

현율 실업의 사원들도 적은 숫자는 아니지만 오늘처럼 큰 승리를 가져다주기는 어려울 것이다.

놈들이 자존심을 버리고 게릴라전으로 응수를 한다면 이쪽도 만만치 않은 피해를 입을 공산이 컸다.

그렇기에 반드시 놈을 잡아서 끝장을 내야 한다.

마동춘이 도수를 가로막는다.

그는 양손에 징이 박힌 가죽장갑을 끼고 빙그레 미소를 짓고 있었다.

승리를 확신하고 있는 듯한 표정이다.

도수는 속도를 줄이지 않고 달렸다. 이제야 놈의 표정이 조금은 놀란 표정이다.

그는 도수를 향해서 주먹을 일직선을 뻗었다. 도수는 고개를 숙였다.

마동춘의 징이 박힌 주먹이 도수의 뒷덜미를 아슬아슬하게 스치고 지나갔다.

사실 지금은 운이 크게 작용했다.

도수의 뛰는 속도를 늦추지 않았기에 잘못하면 카운터를 그대로 맞을 수가 있었다.

마동춘이 주먹만 슬쩍 내밀어도 도수로서는 몸무게만큼이나 큰 충격을 받는다.

그렇기에 놈이 주먹을 내미는 타이밍에 맞춰서 고개를 숙여야 했다.

그것은 탁월한 담력과 예민한 감각, 오랜 실전이란 삼박자가 갖춰 줘야만 실행할 수 있는 움직임이었다.

도수의 신체는 교도소에서 만들어졌다고 해도 과언이 아

니었다.

하루가 멀다 하고 벌어지는 죄수들과의 사투는 도수의 정신력을 극한으로 끌어 올리기 충분했다.

매일 같이 반복되는 죽음의 게임.

그들과의 10년은 도수를 다시없을 맹수로 만들어 낸 것이다.

악귀들과의 10년이 없었다면 지금의 도수도 없었다.

반면 마동춘은 깜짝 놀랐다.

그는 지금껏 자신의 스트레이트를 이렇게 쉽게 피하는 자를 보지 못했다.

특전사에 입대를 하기 전까지 한국 미들급 챔피언까지 지냈던 그.

그런 마동춘의 주먹은 어이없게도 허무하게 빗나가고 말았다.

그리고 그 한 번의 실수로 마동춘은 가슴을 내주었다.

어느새 다가온 도수가 어깨로 그의 가슴을 들이박은 것이다.

쾅!

마동춘은 2년 전 차량 사고가 난 적이 있었다.

횡단보도를 건너고 있는데 그를 미처 보지 못한 승용차가 그를 들이박고 말았다.

차량에 받친 마동춘은 상당한 거리를 튕겨져 나갔다.

차량 운전자는 50살에 가까운 아줌마였다.

운전이 미숙해서 벌어진 일이었다.

그녀는 차에서 내려 어쩔 줄을 몰라 했다.

눈물을 줄줄 흘리면서 괜찮아요, 괜찮아요, 만 연발했다.

주변에 사람들이 상당히 많았지만 119에 전화를 해 주는 사람은 없었다.

그녀만 혼자서 발발 동동 구를 뿐이었다.

그런데 마동춘은 벌떡 자리에서 일어났다. 팔을 보며 '에이 씨, 까졌네.' 라고 말했다. 그리고는 사고를 낸 아줌마에게 '이봐요, 아줌마. 운전 똑바로 해. 알았어!' 라고 말을 한 후 횡단보도를 건넜다.

그 정도로 마동춘은 튼튼했다.

그의 부하들은 서울에서 누구도 마동춘을 쓰러트리지 못할 것이라고 여겼다.

그러나 그는 덤프트럭에 부딪친 적은 없다.

애초에 경차와 덤프트럭에 사이즈 자체가 다르지 않은가.

마동춘은 자신이 경차와 비교도 할 수 없을 정도로 강력한 힘에 노출되었다는 것을 느꼈다.

우드드득.

갈비뼈가 모조리 부러진다.

"커헉."

입에서는 검붉은 피가 튀어나왔다.

시야에 잡혀 있던 도수의 모습이 사라진다. 시선의 초점이 점점 하늘로 올라간다.

전봇대, 가로등, 네온사인, 건물 상층부 그리고 어두운 하늘이 보였다.

의식이 점차 흐려진다.

마동춘은 한 방에 자신이 당했다는 것을 인정해야 했다. 그의 의식이 멈췄다.

쾅!

상당한 거리를 날아간 마동춘의 머리는 김종민이 타고 있던 검은 세단의 운전석 유리창을 깨고 말았다.

뒷좌석에서 운전석으로 넘어오던 김종민이 기겁을 한다.

강남 조직들의 황제라고 불렸던 그의 입에서 그런 비명이 터질 지는 누구도 예상하지 못했다.

"이런 병신 같은 새끼. 그냥 차를 출발시키라니까."

김종민은 양손으로 마동춘의 박힌 머리를 밀었다. 잘 밀리지 않자 한 발을 들어서 세게 찬다.

의식을 잃은 마동춘은 힘없이 깨진 창문 밖으로 밀려났다.

재빨리 운전석에 앉은 김종민이 시동을 걸었다. 그의 이마에서 땀이 뚝뚝 흘러내렸다.

눈동자에는 공포가 어려 있었다. 놈에게 잡히면 인간 같지 않은 힘에 의해 목이 뚝 하고 부러질지 몰랐다.

부르릉.

다행이다.

시동이 한 번에 걸렸다.

"이런 젠장."

앞으로 갈 수가 없었다.

바로 앞에 마동춘의 부하들이 타고 있던 승합차가 있었
다. 하필 주차를 해도 이렇게 가깝게 해 놓느냐는 말이다.

어쩔 수 없이 뒤로 후진을 해야만 했다.

곧바로 후진 기어를 놓고 액셀을 밟았다.

차량이 뒤로 후진하며 뒤에 주차를 해 놓았던 다른 차량
을 박았다.

차가 울컥거린 후 요란한 소리를 낸다.

지금 그런 것에 신경을 쓸 때가 아니다.

종민은 핸들을 꺾어 앞뒤로 막혀 있던 차량들 사이를 빠
져나갔다.

하지만 그 짧은 시간은 도수라는 맹수를 불러오는 결과를
만들었다.

거구의 도수가 붕 뛰어오르더니 보닛을 밟았다. 보닛이
찌그러진다. 차량은 쿵 거리며 들썩거렸다.

"이 씨발 새끼야!"

김종민은 도수를 향해서 악에 받친 소리를 지르며 액셀을
있는 힘껏 밟았다.

RPM이 엄청나게 오른다. 엔진 굉음을 냈다. 바퀴는 윙
윙 거리며 빠르게 돌았다.

그러고는 곧바로 앞으로 튀어 나갔다. 김종민도 뒤로 튕
겨져 나갈 정도의 가속력이었다.

만약 그를 받치는 좌석이 없었다면 허리가 뒤로 젖혀졌을 것이다.

순간적으로 중심을 잃은 도수가 휘청거렸다.

김종민 핸들을 심하게 꺾자 완전히 중심축을 잃는다. 도수는 쓰러지면서 주먹을 내질러 차량 앞 유리를 깼다.

"이 괴물 새끼야!"

떨어질 줄 알았던 도수가 끝까지 차량에 붙어 있자 종민은 액셀을 더욱 밟으며 핸들을 좌우로 흔들었다.

정면으로 마주 오던 차량이 깜짝 놀라서 핸들을 꺾었다. 뒤쪽으로 연속으로 차량들이 밀려온다.

쿠쿵!

갑자기 선 차량을 뒤쪽 차가 들이받았다. 그 차량의 한쪽 바퀴가 들리며 기우뚱거렸다.

반쯤 들린 차량이 아슬아슬하게 흔들거렸다. 앞차를 밟고 튀어 올랐기에 속도는 줄지 않았다.

여성 운전자가 비명을 지르는 것이 보였다.

길을 걷던 취객들이 그것을 보며 벌어진 입을 다물지 못했다.

쿠쿠쿵!

끝내 차량이 뒤집히고 말았다.

뒤집힌 차량은 속도를 이기지 못하고 쭈욱 밀려 올라가 주차되어 있던 다른 차를 박은 후 멈춰 섰다.

안전벨트를 매지 않고 있던 젊은 여성의 상반신이 거꾸로

처박혀 깨진 유리로 반쯤 튀어나와 있었다.

눈을 뜨고 있는 것으로 보아 죽지는 않았지만 상당한 양의 피를 흘렸다.

그 상황에서도 도수는 차량에서 떨어지지 않았다.

한 손으로 고속으로 주행을 시작한 종민의 차를 붙잡고 있었다.

다른 손으로 차량을 붙잡으려고 하지만 심한 움직임 덕분에 계속해서 좌우로 흔들렸다.

차량이 중앙선을 넘는다. 동시에 도수의 몸도 휘청거리며 한쪽으로 쏠렸다.

쾅!

마주 오던 차량이 그의 몸을 치고 말았다. 허리가 부러지는 듯한 충격을 받은 도수였다.

상대편 차량이 급히 브레이크를 밟아 속도를 줄이지 않았다면 몸의 반이 절단 났을지도 모른다. 그 충격으로 도수는 손을 놓치고 말았다.

"크흑."

이대로 놓칠 수는 없었다.

도수는 다른 손을 쭉 뻗어 깨진 유리 사이로 넣었다. 집게손가락 하나가 뭔가에 걸렸다.

몸이 좌우로 마구 흔들리고 금방이라도 차량에서 떨어져 나갈 듯하다.

도수는 간신히 고개를 들어서 걸린 부위를 바라봤다.

어처구니없게도 그의 집게손가락은 종민의 입안에 걸려 있었다.

종민은 황당한 것보다 고통을 느꼈다.

이빨로 도수의 손가락을 끊어 버리고 싶었지만, 이미 안쪽에 깊숙이 걸려서 그럴 수도 없었다.

손가락이 안쪽부터 바깥쪽으로 뺨을 뚫고 나올 것처럼 볼록거렸다.

양손은 핸들을 잡고 있어 놓을 수도 없었다.

"으으으윽."

종민이 고개를 한쪽으로 돌렸다. 동시에 도수의 손가락은 그의 뺨을 뚫고는 바깥쪽으로 긁었다. 뺨의 반쪽이 완전히 찢어지고 말았다.

"크아아악!"

종민의 얼굴에서 엄청난 양의 피가 뿜어져 나왔다.

뺨이 반으로 갈라져 너덜너덜 거린다. 잇몸과 뼈, 파열된 근육들이 적나라하게 드러났다.

하지만 도수도 무사한 것은 아니었다.

그의 얼굴에서 집게손가락이 빠지며 잡고 있을 지지대를 잃고 만 것이다.

"크흑."

차에서 떨어져 나간 도수의 거구가 아스팔트 위로 떨어졌다.

그는 십여 바퀴를 바닥에서 굴렀다. 뒤에서 차량이 쫓아오지 않아서 다행이었다.

종민의 차량 뒤로 다른 차가 있었다면 도수로서도 목숨이 위험했을 것이다.

"쿨럭쿨럭."

잠시 아스팔트에 몸을 누이고 있던 도수가 천천히 일어났다.

얼굴의 반쪽이 아스팔트에 쓸려서 피가 흘렀다. 고급 정장도 너덜너덜해졌다.

상당한 상처를 입은 모양이었다. 하나, 그의 눈빛은 처음보다 더욱 사납게 변해 가고 있었다.

도수는 주먹을 있는 힘껏 쥐었다.

가장 바라지 않던 최악의 일이 벌어지고 말았다. 놈을 놓친 것.

이제 놈은 자신의 목숨을 노리고 위해서 수단과 방법을 가리지 않을 것이다.

으드득.

도수는 자신도 모르게 어금니를 강하게 물었다.

2.

끊어지지 않는 악연

CITY OF
WILD BEAST

"씨발 새끼, 죽여 버릴 테다. 반드시 죽여 버릴 테다."

김종민은 휴지를 왕창 꺼내 한 손으로 뺨에 대고 지혈을 했다.

완전히 반으로 찢어져서인지 피는 좀처럼 멈추지 않았다.

하지만 그는 고통도 느끼지 못했다.

도수에 대한 공포에서 벗어나자 극렬한 적개심이 치솟고 있었다.

자신의 모든 것을 걸고서라도 놈의 목은 반드시 따고 만다, 라는 것이 그가 느끼는 감정이다.

"이 씹어 먹어도 시원찮을 새끼. 절대로 가만두지 않는다. 으아아악!"

종민은 뺨에 대고 있던 휴지를 차 바닥에 던져 버렸다.

그러고는 핸들을 마구 주먹으로 쳤다. 경적이 시끄럽게 울렸지만 개의치 않는다.

그는 핸드폰을 주머니에서 꺼냈다.

그리고 강찬수에게 전화를 걸었다. 몇 번 통화음이 울리지 않아 강찬수가 전화를 받았다.

—네, 강찬습니다.

"형님, 접니다."

—어이구, 김 회장, 공사다망하신 분께서 이 시간에 어인 일이신가.

비꼬는 듯한 말투였다.

그는 소종태가 당한 후 강찬수와 배도일에게는 거의 연락을 하지 않았다.

종종 그가 영업하는 업소에 강찬수가 찾아오기는 했지만, 직접 영접하지도 않았다.

김종민은 '씨발 놈, 아직도 내가 지 시다바리인 줄 아나. 시도 때도 없이 찾아와서 뜯어내려고 해.' 라며 성질만 냈다.

그리고 동생들을 시켜서 대신 아가씨를 붙여 주고 돈을 주었다.

그들은 악어와 악어새의 관계.

강찬수와 배도일은 김종민과 소종태의 뒤를 봐 주었고, 김종민과 소종태는 그들이 자신들의 뒤를 봐 주는 대신 로비를 할 수 있는 충분한 자금을 공급했다.

종종 그들이 실적을 쌓을 수 있도록 막내급 아이들을 내놓기도 했다.

그들이 빠른 시간 안에 경찰 서장의 자리까지 오를 수 있었던 이유 중에 하나는 분명 김종민과 소종태도 들어갔다.

그렇지만 지금은 서로 소원한 관계였다.

강찬수는 그나마 관계가 유지되지만 배도일은 노골적으로 김종민과 소종태를 무시했다.

김종민이 정계의 진출하려는 이유 중에 하나가 바로 배도일 때문일 것이다.

그의 무시와 경멸의 눈빛에 침이라도 뱉어 주기 위해서 말이다.

그러나 지금은 찬밥, 더운밥을 가릴 때가 아니었다. 도수를 옭아매기 위해서는 압도적인 폭력이 필요했다.

자신과는 비교도 안 되는 압도적인 폭력.

바로 공권력을.

"형님, 한 번만 도와주십시오."

─응? 오랜만에 전화에서 다짜고짜 무슨 말인가. 한 기업의 경영자께서 할 말은 아닌 것 같은데.

김종민은 찢어진 뺨이 욱신거리는 것을 느꼈다.

이 대머리 너구리가 일단 발을 빼고 본다. 자신에게 유리할 것인가, 아닌가는 얘기를 들어 보고 판단할 것이다.

"부탁입니다. 보답을 꼭 하겠습니다."

─이것 참……. 나는 공무원이야. 청탁을 들어주면 안 된단 말일세.

이 개자식이.

그럼 이제껏 네가 처먹은 것은 돈이 아니고 뭐란 말이냐.

눈앞에 있다면 재떨이를 들어서 강찬수의 이빨을 모조리 부러트리고 싶은 충동을 느꼈다.

물론 그럴 수는 없지만.

우선 저 너구리가 군침을 삼킬 수 있도록 운을 띄워야 한다.

"현율 실업이라고 아십니까?"

―현율 실업? 잘 모르겠는데.

"H―시큐리티라고 하면 아시겠습니까?"

―H―시큐리라면 좀 알지. 그쪽과 우리하고 공조가 조금 되고 있으니까.

"그럼 말을 하기 쉽겠군요. 놈들을 뒤흔들어 주십시오."

―허참, 무슨 소리를 하는지. 건실한 회사를 왜 건드나.

"형님도 아실 것 아닙니까. 놈들의 전신이 신사동 팝니다. 놈들이 왜 건실한 회사니까."

―그건 JM기업도 마찬가지 아닌가.

이 너구리가 약을 처먹었나.

"놈들이 저희 영역을 침범했습니다. 그쪽 회장이 다짜고짜 찾아와 JM 엔터테이먼트를 내놓으라고 협박을 했다고요."

―…….

강찬수는 듣고 있기만 했다.

뜸을 들이며 아무런 말을 하지 않는다.

"좋습니다. 다 말씀드리죠. 놈들과 저희가 붙었습니다. 그런데……."

너무 자존심이 상해서 입이 떨어지지가 않았다. 새파랗게 어린놈한테 깨져서 죽다 살아났다고 말을 하기에는 너무 자존심이 상했다.

그래도 말을 해야만 한다.

자신의 힘으로 놈을 쓰러트릴 수가 없다면.

—깨졌구만.

강찬수가 먼저 말을 꺼냈다.

전화기 너머로 그가 방실방실 웃고 있는 모습이 보이는 것 같아 김종민은 울화가 치밀었다.

"네. 그러니 도와주십시오."

—현율 실업이라……. 신사동 파의 전신. 꽤나 독종들일 텐데…….

일부로 현율 실업을 높여 말한다.

"10억 드리겠습니다. 먹어도 절대 탈이 나지 않는 돈으로."

—어허, 나는 공무원이라니까 그러네.

돈만 밝히는 돼지 같은 새끼.

강찬수의 말투가 확연히 달라졌다. 10억이란 적은 금액이 아니다.

이제껏 강찬수에게 꽤나 많은 돈이 들어갔지만 단일 액수로는 최고였다.

돈이라면 눈이 벌겋게 변하는 그로서는 군침이 도는 제안이 아닐 수 없었다.

─현율 실업의 우두머리는 누구였지?

"마도수란 잡니다."

─마도수? 음? 어째 이름이 귀에 익네.

"그렇습니까."

─내가 알고 있는 놈일 수도 있군. 경찰의 의무로서 사회 불안을 조장하는 놈이라면 가만히 있을 수는 없지. 내 한 번 알아보지.

"감사합니다. 털어서 먼지 나지 않는 기업은 없습니다. 부탁드립니다."

─알겠네. 그리고 말이야…… 그거 있잖은가. 큼큼.

"염려하지 마십시오. 일이 처리되는 대로 입금시켜 드리겠습니다."

─허허허, 이것 참. 어쨌든 그쪽 일은 내가 알아서 처리하지.

전화가 끊겼다.

아쉬운 소리를 했더니 뺨이 욱신거린다. 피 같은 돈 10억이 그대로 날아가게 생겼다.

아직 끝나지 않았다.

마도수를 처리하는 것만으로는 끝나지 않는다. 놈이 가진 모든 것을 흡수해야 하지 않겠는가. 그래야 지금까지 입은 손해를 복구할 수가 있었다.

"빌어먹을, 이놈한테는 진짜 전화하기 싫었는데."

그는 핸드폰에 저장되어 있는 이름을 찾았다.

핸드폰에는 사이코패스, 라고 저장이 되어 있었다.

통화 버튼을 눌렀다.

놈은 강찬수와 다르게 한참 신호음이 갈 때까지 받지 않았다.

신호음이 거의 끝나 갈 무렵 무미건조한 목소리가 들렸다.

—무슨 일이요?

그가 물었다.

싸가지 없는 새끼.

나이도 어린놈이 업계 선배 대접을 전혀 해 주지 않는다.

해 줄 것이라고 기대도 하지 않았지만. 이 살인마 새끼의 목소리를 듣는 것만으로도 등줄기가 오싹하다.

"피현득, 오랜만일세."

—내 이름을 부르지 말라고 했을 텐데.

"부탁할 것이 있어."

종민은 놈의 말에 대꾸하지 않고 말을 바꿨다.

—부탁? 당신이? 큭큭.

"왜 웃지?"

—부탁을 할 사이는 아니라고 보는데.

사이코 같은 새끼.

"보답은 하지."

—보답이라…… 나에게 부탁을 한다는 것은 사람을 죽여 달라는 것인가.

"현율 실업 마도수. 놈의 목숨을 원하네."

—마도수?

"왜 아는 자인가?"

김종민이 되물었다.

그러고 보니 강찬수도 마도수의 이름이 낯익다고 했었다.

어쩐지 자신이 폭풍의 눈에 들어와 있지만 혼자서만 느끼지 못하는 기분이다.

—알지, 아주 잘.

"어떻게?"

—그건 당신이 상관할 바가 아니야.

"놈을 처리해 주겠나?"

—얼마 내놓을 생각이지. 당신도 알다시피 놈은 맹수야. 인간의 힘으로 맹수를 잡기가 얼마나 어려운지 알 거라고 생각해.

"1억이면 어떻겠나."

—나는 농담을 별로 좋아하지 않아.

김종민은 주판알을 굴렸다.

강찬수가 놈의 회사를 뒤집는 동안 피현득에게 놈의 목을 따게 할 생각이었다.

하지만 들어가는 액수가 무지막지하다는 것이다.

이미 강찬수에게 10억이란 거금을 뜯겼다.

대금을 지불하지 않으면 놈의 표적은 마도수에서 자신으로 바뀌게 된다.

10년의 세월이란 돈 앞에 허무하게 무너진다.

그만큼의 액수를 또 내놓기란 너무도 싫었다.

"그럼…… 2억을 주지."

입에서 떨어지지 않는 액수를 간신히 말했다.

—10억 가지고 와. 그럼 놈을 처리하지.

"10, 10억이라니! 그런 큰 금액이 나에게 있다고 보나."

—만들어 와. 어차피 당신이 처리하지 못해서 나에게 연락한 것 아닌가? 10억이 아니면 당신의 부탁은 들어줄 수 없어.

이런 날도둑 같은 새끼.

10억이 무슨 애들 장난감 사 먹는 돈인 줄 아나.

울화가 치밀어 오른다.

전화 두 통에 20억을 날리고 만 것이다. 그의 말을 들어주지 않을 수도 없었다.

어차피 주도권은 놈이 쥐고 있었다.

생각 같아서는 회사로 돌아가 남은 조직원들을 모아 도수를 치고 싶었지만 겁이 나서 그럴 수도 없었다.

50명이란 인원을 한순간에 처리한 인물이다.

자신의 집과 회사 등을 이미 감시하고 있을 것이라 생각했다.

"확실히 처리만 해 줘. 그러면 10억 입금시켜 주지."

―일이 끝나면 연락하지.

피현득과의 전화도 그렇게 끝났다.

끼익.

김종민은 차를 갓길에 붙이고는 세웠다. 찢어진 뺨이 너무도 아파서 미쳐 버릴 것만 같았다. 뺨이 아픈지, 돈이 아까운지는 정확하게 모르겠지만.

"좋아, 마도수. 이번에는 빠져나가지 못할 것이다. 이번 주가 네놈의 제삿날이다."

김종민의 안광이 시퍼렇게 빛을 내기 시작했다.

* * *

도수는 비틀거리며 현율 실업 본사 안으로 들어갔다.

1층을 뒤덮었던 피웅덩이는 이미 깨끗하게 청소가 되어 있었다.

직원들이 열심히 팔을 걷고 청소를 한 덕분이다.

도수가 꽤 큰 상처를 입고 온 것을 본 기현과 진아가 깜짝 놀라 다가왔다.

사실 그들도 도수를 걱정하고 있었다.

김종민의 경호원들을 처리한 리영춘과 고기만이 돌아와 이야기하기를 '회장님기레 김종민이 차에 매달려 사라졌습네.' 라고 말을 했기 때문이었다.

그리고 얼굴과 팔에 상처를 입은 채 도수가 나타났다. 그들로서는 걱정이 되지 않을 수가 없었던 것이다.

"괜찮으십니까?"

기현이 걱정스럽게 물었다.

진아는 재빠르게 구급 의료 상자를 가지고 와 소독약을 도수의 얼굴에 발라 주었다.

"괜찮아. 살갗이 살짝 까졌을 뿐이야."

"그렇다면 다행이지만, 혹시 모르니 병원을 가 보는 것이……."

"내 몸은 내가 더 잘 알아. 괜찮아."

"알겠습니다."

기현이 고개를 끄덕였다.

"그럼 김종민 회장은?"

가장 중요한 문제였다.

그자를 놓치면 어렵게 파 놓은 함정은 소용이 없게 된다.

반대로 생각하면 도수만 살아남으면 현율 실업은 무너진 것이 아니다.

놈을 놓친 이상 어떤 식으로든 더욱 거센 반격이 올 확률이 높았다.

"놓쳤다."

"으음."

역시 맨손으로 나타났을 때 어느 정도 짐작은 했지만 최악의 상황이 펼쳐질 듯하다.

"JM기업의 조직원들은?"

"모두 제 발로 걸어 나갔습니다."

"심하게 다친 것으로 보이던데."

"심한 자들은 지들 차로 급히 후송을 했습니다. 놈들도 이번 일이 언론에 알려지지 않기를 바랍니다. JM기업이 폭력배를 동원했다고 알려지면 이미지뿐만 아니라 김종민에게도 치명타일 테니까요."

"목격자들의 입을 막기도 쉽지 않을 텐데."

"그 정도는 막을 수 있을 겁니다. 협박이 전문인 놈들 아닙니까."

"놈들이 알아서 하겠지. 나는 쉬겠다. 무슨 일이 있으면 바로 연락을 해. 아, 채 비서."

도수가 채진아를 불렀다.

"네, 회장님."

기합이 잔뜩 이등병처럼 진아는 칼 같이 대답했다.

"만족하나?"

"무슨 말씀이신지."

"이게 우리 회사의 어두운 면이다. 자네는 이런 세계의 발을 디뎠어. 그만두고 싶으면 그만두어도 된다."

"그만두다니요. 전 괜찮습니다, 회장님. 어렴풋이 짐작은 했지만 이런 세계가 있다는 게 놀라울 따름입니다. 하지만 전 이쪽이 제 체질에 맞는 것 같아요. 그만둘 생각은 조금도 없습니다."

이걸 강단이 세다고 해야 할까. 아니면 다른 말로 표현할 길이 있을까.

도수는 고개를 절레절레 흔들고는 등을 돌렸다.

"회장님."

기현이 급히 불렀다.

"왜?"

"리영춘 팀장과 고기만을 항상 동반해 주십시오. 이제는 정말로 전쟁입니다. JM기업과 끝장을 보기 전에는 끝나지 않을 겁니다. 아시겠지만 놈들의 목표는 회장님입니다. 절대로, 절대로 조심하셔야 합니다."

"나도 알아. 하지만 오늘은 아니야. 놈도 나를 치려면 시간이 필요하니까. 내일부터 조심하지. 오늘 수고한 직원들 모두 푹 쉬게 해. 술은 절대 안 돼. 그리고 내일부터 당분간 남자 직원들만 출근시켜."

"말씀하신 대로 하겠습니다. 하지만 정말로 조심하셔야 합니다."

"나도 알아. 염민혁 때의 일을 되풀이하지는 않을 테니까."

도수의 말에 기현은 안심이 되었다.

아무리 만반의 준비를 한다고 하더라도 모든 손을 막을 수는 없었다.

오늘의 싸움은 하늘이 도왔다고 할 수 있었다. 도수가 김종민을 일부러 자극했기에 가능한 일이었다.

그가 조금이라도 생각이 있었다면, 이런 식으로 쳐들어오지 않았을 것이다.

어쨌든 일거에 JM기업을 쓸어버릴 절호의 기회를 놓친 것은 무척이나 아쉬운 기현이었다.

도수는 밖으로 나왔다.

현율 실업 본사 건물 안과는 다르게 강남의 거리는 활기차다.

마치 단절된 세상에서 나온 것 같았다. 도수는 담배를 한 가치 꺼내서 물었다.

문득 유정이 보고 싶어졌다.

통화는 종종 했지만 근래 들어 제대로 그녀를 찾지 못했다.

김종민과의 악연에 그녀를 끌어들이고 싶지 않았다. 만에 하나 놈이 그녀를 눈치챈다면 저번과 같은 일이 발생한 가능성이 무척이나 높았다.

지금은 놈의 시선에서 유정을 대피시켜야 했다.

"후우우."

담배 연기가 길게 뿜어졌다.

그는 도보를 따라서 걸어갔다.

＊　　＊　　＊

도수는 어머니의 산소에 있었다. 옆에는 아버지가 같이

묻혔다.

두 분의 금실은 꽤나 좋았다.

어렸을 적, 도수가 보기에 두 분의 성격은 그다지 닮은 부분이 없었다.

아버지는 친구들을 좋아했고 화통했지만 어머니는 조용하고 책을 읽기 좋아했다.

그래도 둘은 서로를 끔찍하게 아꼈다.

가끔은 도영이 '엄마, 엄마는 아빠가 좋아. 아들인 내가 좋아.' 라고 투정을 부리곤 했다.

어머니는 '그런 게 어디 있니. 다 같은 가족인데. 엄마는 우리 두 아들과 아빠를 모두 사랑한단다.' 라고 말했다.

옆에서는 아버지가 '허허, 녀석 참.' 이라며 웃고 있었다.

애틋하고 화목했던 내 가정.

언제까지고 사랑이 넘칠 줄 알았던 우리의 가족.

그러나 이제 도수의 곁에 남은 사람은 아무도 없었다. 아버지는 자살했고, 어머니는 불의의 사고로 돌아가셨다. 도영이는…… 실종이 됐다.

가족은 그렇게 해체가 되었다.

다시 돌아가고 싶어도 돌아갈 수 없는 그만의 나라.

자그마한 끈을 놓고 있지 않자면 그것은 도영의 생사였다.

동생이 살아만 있다면 세상 끝까지 가서라도 데리고 올 마음이었다.

도수는 세 개의 향을 피웠다.

약간의 제사 음식을 놓고 정종을 한 잔 따랐다. 술잔을 돌리고 두 번 절을 한 후 고개를 숙였다.

아버지, 어머니를 만나셨습니까.

예전과 같이 두 분은 행복하십니까. 부디 행복하셨으면 합니다.

어머니는 돌아가시는 그날까지 아버지를 잊지 못하셨거든요.

아버지가 돌아가신 후 어머니는 씩씩하게 도수와 도영을 키웠다.

하지만 도수는 기억한다.

아버지의 사진을 만지며 눈물짓던 어머니를.

그런 어머니를 행복하게 해 드리고 싶었다.

착실하게 노력하고, 노력하면 언젠가 하늘에서 보상을 해 줄 것이라 여겼다.

그런데…….

하늘이 가르쳐 준 것은 세상의 잔인함과 냉혹함이었다.

차라리 나도 같이 데리고 가지. 차라리 나도 가족과 함께 있고 싶었다.

왜 나만, 왜 나만 이 엿 같은 세상에 남겨 둔 것이냐.

아버지가 보고 싶다.

어머니가 보고 싶다.

도영이가 보고 싶다.

꿈에서라도 보고 싶다.

그들의 얼굴이 기억나지 않는다.

아무리 머리에서 떠올리려고 해도 가족의 얼굴이 흐릿해
져만 갈 뿐.

"아버지, 엄마, 도영아."

눈물이 흘러나왔다.

말라 버린 눈물이…… 볼을 타고 흘러내린다. 눈물은 술
잔 안에 떨어졌다.

도수는 다시 절을 했다.

아버지, 어머니, 도영아.

이제 얼마 남지 않았어요. 놈들과 끝장 낼 날이 다가오고
있어요.

어머니라면 복수는 잊어버려, 네가 행복하게 사는 것이
우리가 바라는 거야, 라고 말씀하실지도 모르겠네요.

하지만 어머니, 저는 그럴 수가 없습니다.

놈들은 어머니를 기억에서 지웠어요. 그리고 떵떵거리면
서 잘살고 있어요.

저는 그들을 용서할 수가 없어요.

제가 어머니가 계신 곳에 가게 되면 너무 나무라지 말아
주세요.

도수는 자리에서 일어났다.

묵념을 한 후 술잔을 산소 주변에 골고루 뿌렸다.

그러고는 짐을 챙겨서 밑으로 내려왔다.

산등성이에 있던 산소 밑으로 내려오자 리영춘과 고기만이 차 밖에서 대기를 하고 있었다.

"왜들 나와 있어. 차 안에 있지."

"그럴 수는 없습네다. 김종민이가 언제 회장님을 노릴지도 모르지 않습네까."

"하긴, 지금은 비상시국이니. 그래도 너무 긴장하지 마. 시야가 좁아질 수 있어."

"명심하겠습네다."

리영춘과 고기만이 동시에 고개를 끄덕였다.

그들을 태운 차는 산소 근처에 있는 순대국 집에 들렀다.

일부러 들른 것은 아니다. 차를 타고 가다 우연찮게 본 곳이 순대국 집이었다.

아버지와 어머니가 종종 순대국을 먹으면서 소주를 한 잔씩 기울였던 모습이 떠올랐다.

갑자기 순대국이 먹고 싶어진 도수는 그 앞에서 차를 세웠다.

리영춘과 고기만은 순대국을 한국에 와서 처음 먹어 본다고 하였다.

꽤나 입맛에 맞는지 그들은 코를 박고 순대국을 모두 먹어 치운다.

술은 마시지 않았다. 언제 어디서 놈들이 나타날지 모르는데 술을 먹고 긴장을 풀 수는 없다.

잘못하면 자다가 목이 달아난다.

어느새 해가 지고.

어둠이 밀려오고 도로에 가도등불이 켜졌다.

투툭, 투툭.

한 방울씩 떨어지던 빗방울이 제법 강해졌다.

식사를 마치고 나온 리영춘은 난감한 표정을 지었다. 식당에서 차를 세운 곳까지 약간의 거리가 있다.

비가 오지 않았다면 멀지 않은 거리지만, 지금이라면 쫄딱 맞을 수가 있었다.

"회장님, 잠시만 여기 계십시오. 제가 우산을 가져오겠습니다."

고기만이 손을 머리에 얹고 앞으로 달려 나갈 자세를 취했다.

"그럴 필요 없어. 왜 몇 번이나 움직여. 같이 얼른 뛰자."

도수가 먼저 뛰었다.

리영춘과 고기만이 그의 뒤를 쫓았다. 거리가 멀지 않기에 금방 차에 도착했다.

차에 올라탄 그들은 정장에 묻은 비를 툭툭 털었다.

쿠르르릉—

이제는 천둥 번개도 친다.

"난데없이 무슨 비라요."

고기만이 창문 밖에서 세차게 떨어지고 있는 빗줄기를 보며 말했다.

"어디로 갈까요, 회장님."

"집으로 가자."

"알겠습네다."

고기만이 차를 출발시켰다. 차는 일산으로 향하는 도로를 탔다.

비로 인해서인지 일산으로 들어가는 입구의 교통 체증이 심하다.

그들은 도로에서 30분 이상을 소비해야 했다.

일산 내부로 들어가자 체증이 어느 정도 풀렸다.

도수가 있는 집은 일산의 중심지와는 약간 거리가 있었다. 덕분에 차량의 숫자가 확연하게 줄어들었다.

빨간불이 켜졌다.

그들을 태운 차량이 멈췄다. 와이프가 삑삑 소리를 내며 쏟아지는 물줄기를 걷어 냈다.

"저 미친놈의 아 새끼 뭐하니?"

고기만은 백미러를 보며 의아한 표정을 지었다.

"왜?"

리영춘이 물었다.

"뒤 차량의 속도가 줄지 않습네다."

고기만의 말에 리영춘이 급히 뒤를 바라봤다. 상향 라이트를 켠 것처럼 차량 뒤편이 너무도 환하다.

그는 눈이 너무 부셔서 잠시 시력을 잃고 말았다. 하지만 한 가지는 확실히 느낀다.

저 차량이 속도를 줄이지 않고 있다.

불길함이 그의 전신을 강타한다.

"밟으라우!"

리영춘이 소리쳤다.

기다렸다는 듯이 고기만은 액셀을 밟았다. RPM이 급하게 올라가며 차량은 앞으로 튀어 나갔다.

그러나 뒤쪽에서 달려오던 차량의 속도가 훨씬 빨랐다.

더군다나 보통 크기의 차량이 아닌 덤프트럭.

콰콰콰쾅!

덤프트럭은 그대로 그들이 타고 있던 차량을 들이박았다.

얼마나 강하게 박았는지 고급 검은색 세단이 붕 뜬 후 몇 바퀴나 뒹굴었다.

전 좌석에 설치되어 있는 에어백이 터진다.

안전띠를 매고 동시에 에어백이 터지는 덕분에 그들은 큰 상처를 피할 수 있었다.

"크흑, 회, 회장님 괜찮으십네까."

리영춘이 이마에서 피를 흘리며 도수를 불렀다. 도수도 정신이 없기는 마찬가지였다.

머리가 어질어질하고 피가 거꾸로 쏠린다.

"난 괜찮아. 빌어먹을. 역시 예상치 못하게 나오는군. 어서 차 밖으로 나가."

"알겠습네다."

하지만 부서지고 뒤집힌 차량에서 빠져나오는 것은 쉽지

가 않았다.

리영춘과 고기만이 낑낑대며 차문을 열고 간신히 밖으로 나왔다.

아직 도수는 차에서 빠져나오지 못했다. 차량 뒤쪽의 파손이 심해서 문이 구겨져 버린 탓이었다. 창문으로 빠져나오기에는 도수의 덩치가 너무 크다.

쏴아아아—

비는 점점 세차게 그들의 머리 위로 떨어졌다.

문제는 그들을 들이박은 덤프트럭이었다.

끼이익—

승합차 한 대가 덤프트럭 옆에 선다. 승합차와 덤프트럭에서 여덟 명의 사내들이 내렸다.

건달들의 복장이 아니었다.

언뜻 보면 10대 후반의 양아치들처럼 느껴졌다.

놈들은 각이 지지 않은 모자를 쓰고 헤드셋을 끼고 있었다.

껌을 질겅질겅 씹으며 힙합 청바지를 입었다. 액세서리 중에 하나인 긴 쇠사슬을 허리에 찼다.

아무리 봐도 건달들은 아니었다.

그러나 이런 짓을 저지를 정도의 놈들이라면 심상치가 않았다.

놈들의 눈빛에서는 어떤 감정도 찾아볼 수가 없었다.

킬러들의 살기나, 건달들의 악도 보이지 않는다. 오히려 조금은 장난스런 표정들이었다.

리영춘의 머릿속에는 그들의 대한 정보가 하나도 없었다.

"니들 누구네?"

리영춘이 물었다.

"킥킥킥, 씹새야. 그걸 알아서 뭐하려고."

한 양아치가 껌을 바닥에 뱉으며 말했다.

"한 발자국도 움직이지 마래. 더 이상 다가오면 니들 생사는 책임지지 않갔서."

"더 이상 다가오면 니들의 생사는 책임지지 않갔서. 킥킥."

껌을 뱉은 양아치가 리영춘의 말투를 흉내 냈다.

그러고는 뒤편에 서 있는 다른 자들을 향해서 웃으며 말했다.

"씨발, 저 새끼. 존내 구려. 지가 무슨 협객인 줄 아나봐."

"하하하. 병신. 지랄하네."

"뒈질 새끼가 똥폼은, 킥킥."

그들이 하나가 된 것처럼 웃음을 터트렸다.

"기동아."

리영춘이 고기만을 불렀다.

"예, 형님."

"빨리 회장님 꺼내라, 빨리."

"알겠습네다."

기동도 상황의 심각성을 파악했다.

저놈들은 자신들을 살려 두지 않을 생각이다. 아니, 정확히는 도수를.

한시바삐 도수를 차에서 빼내 탈출을 시켜야 했다.

그는 손과 발을 써서 망가진 차를 안쪽에서 바깥쪽을 당겼다.

꿈쩍도 하지 않는다.

리영춘은 허리에서 단검을 꺼냈다.

양아치들은 허리에 차고 있던 쇠사슬을 풀었다. 식칼을 꺼내는 자들도 있었다.

쇠사슬이 콘크리트 바닥에 닿자 '철커덕' 거리는 소리가 빗줄기를 뚫고 들렸다.

"간나 새끼들. 한 놈도 살려 두지 않갔서!"

양아치들은 리영춘을 향해서 뛰기 시작했다.

리영춘은 제자리에서 움직이지 않았다. 뒤편에 도수가 있기에 그는 움직일 수가 없었다.

어서 회장님을 모시래! 어서!

그는 여기서 죽는 한이 있더라도 끝까지 시간을 벌 생각이다.

양아치들이 코앞까지 다가왔다.

리영춘은 단검이 번뜩였다.

하나 한 명도 그의 단검에 맞은 자들이 없었다. 그의 검은 허공을 가르고 만 것이다.

왜?

놈들은 리영춘을 빗겨 간 것이다. 그들의 목표는 오직 도수 하나.

괜한 싸움으로 시간을 낭비할 필요도, 희생을 늘릴 필요도 없었다.

리영춘이 뒤를 돌아봤다.

놈들이 하이에나처럼 도수가 나오지 못하고 있는 차량을 향해서 달려들고 있었다.

"안 돼!"

리영춘의 다급한 목소리가 비가 내리는 어두운 하늘을 뚫고 공허하게 퍼졌다.

아무리 도수라고 하더라도 저 상태에서 반격을 할 수는 없다.

놈들이 찌르는 칼에 무방비로 노출이 된다.

"후레 새끼들, 니놈들 뜻대로 될 줄 아네!"

고기만이 급히 그들의 앞을 막았다. 고기만의 배에 칼이 박혀 들어갔다.

"애미나이 새끼들, 못된 것만 배워 처먹어서리……!"

고기만은 칼을 빼서 그들에게 휘둘렀다.

그러나 힘이 하나도 들어가 있지 않았다. 어린아이도 피할 수 있을 만큼 느렸다.

"병신 새끼, 뭐라는 거야."

그들은 고기만의 배에 박혀 있던 칼을 빼내더니 다시 찔렀다.

푹! 푹! 푹!

거칠 것이 없어 보이는 칼질이었다.

겨우 10대 나이의 청소년들로 보이는 소년들이 하는 칼질이라고는 믿기지 않을 만큼 잔인했다.

"쿨럭쿨럭."

고기만의 입에서 엄청난 양의 피가 뿜어져 나왔다.

피에는 조각이 난 장기들이 섞여 있었다.

"이런 염병할, 이런 젖먹이들한테……."

"지랄 같은 소리 좋아하네."

양아치들은 다시 칼을 빼내 사정없이 고기만의 전신을 난자했다.

열 번, 스무 번, 서른 번 이상의 칼이 그의 육신을 파고들었다.

"안 돼!"

리영춘이 비명에 가까운 소리를 질렀다. 그도 모르게 눈시울이 붉어졌다.

고기만이 누구인가.

리영춘과 11살 때 만나 지금까지 형제처럼 지내 온 사이였다.

아니, 혈육보다 더욱 견고하고 진한 연대감이 있었다.

너무도 배고팠던 그 시절.

둘은 한 잔의 물을 나눠 먹으며 맹세했다. 우리는 죽어도 같이 죽고, 살아도 같이 산다고.

그런 친우가 무참하게 죽어 간다.

고기만은 애절한 눈빛으로 자신을 향해 뛰어오고 있는 리영춘을 보았다.

뭐라고 말을 하고 싶지만 입이 열리지 않았다. 심장이 정지되었다는 것도 느낀다.

온몸의 힘이 빠져나가고 있었다.

백정은 둘이 가장 먼저 시작했다. 그리고 고아들을 모아서 힘을 키웠다.

연변으로 돌아간 창수와 현일, 상수의 뒤를 쫓고 있는 용남과 광죽이 바로 그들이었다.

언제가 연변으로 돌아가 떵떵거리며 살자고 맹세했던 형제보다 가까운 친구들.

형님…… 약속 못 지킬 거 같습네.

내래 형님과 함께하지 못하겠습네다.

부디 부탁이니 형님이라도 제 대신 꼭 부귀영화를 누리시라요.

고기만의 다리의 힘이 풀렸다.

눈동자는 뒤집힌다.

그는 힘없이 비에 젖은 콘크리트 바닥에 쓰러지고 말았다. 엄청난 양의 시뻘건 피가 빗물에 쓸려서 내려갔다.

후두두둑.

차가운 비는 그의 몸을 더욱 차갑게 식혔다.

"아, 안 돼. 죽지 마라! 고기만이 안 된다 안 갔나!"

백정으로 이름을 날렸던 리영춘이 하늘을 향해서 운다.

그의 눈물은 빗물이 되어서 흩어졌다.

"염병하고 자빠졌네."

그런 리영춘을 보며 양아치들은 실소를 흘렸다.

그때였다.

쾅!

전복된 차량의 반대편 문이 박살이 나며 튕겨져 나갔다.

그 사이로 거대한 그림자가 조금씩 밖으로 흘러나오기 시작
했다.

3.

죽음의 꽃

CITY OF
WILD BEAST

간신히 차량 밖으로 빠져나온 도수는 벌어진 상황을 무심한 눈으로 바라보고 있었다.

항상 든든하게 그의 등 뒤를 지켜 주던 고기만이 피를 흘리면서 쓰러져 있다.

그가 왜 저렇게 쓰러져 있는지는 도수도 알고 있었다. 바로 자신을 지키기 위해서 저렇게 된 것이다.

"회장님, 회장님."

바늘로 찔러도 피 한 방울 나오지 않을 것 같던 리영춘이 망연자실한 모습으로 눈물을 흘리고 있었다.

그는 희죽거리며 차량 건너편에 있는 양아치들을 보았다. 그들은 도수를 보고는 어깨를 으쓱거렸다.

"오우, 씨발, 회장님이라면서요? 분위기 쩌는데. 그 뭐냐, 홍콩 영화에 나오는 보스 같아요, 킥킥킥."

대꾸할 가치도 없는 놈들이다.

말을 섞을 이유도 없었다.

"영춘아."

도수가 리영춘을 불렀다.

영춘은 손등으로 눈물을 닦아 내고는 '네'라고 대답했다.

"지금부터 내가 하는 말을 잘 들어라."

"말씀만 하시라요. 놈들의 심장을 잘근잘근 씹어 먹으라고 해도 무조건 따르겠습네다."

고개를 끄덕인 도수가 길 건너편을 가리켰다.

어두워서 잘 보이지는 않지만, 그쪽에는 커다란 공용 주차장이 있는 듯했다.

"뛰어!"

그 말과 함께 도수가 그 방향을 향해서 뛰기 시작했다. 리영춘도 같이 뛴다.

영춘이 아는 도수는 적에게 등을 보이고 도망을 치는 사내가 아니다.

더군다나 그의 부하가 저토록 무참하게 당한 상태에서 그런 일은 있을 수가 없었다.

복안이 있을 것이다.

리영춘은 그렇게 생각했다. 그만큼 도수에 대한 믿음은 절대적이니까.

"저런 씨발! 야! 저 새끼들 잡아. 무조건 토막 내 버려!

안 그럼 보스한테 우리가 죽는다!"

양아치들이 도수와 리영춘을 쫓았다.

눈을 뜰 수도 없을 만큼 세찬 바람이 불어왔다.

비바람이 너무 세서 앞으로 달리기도 힘들었다.

공용 주차장은 아직 개장을 하지 않은 모양이었다. 안에
차량은 없고 입구도 열려 있지 않았다.

관리 사무실은 있지만 불은 켜지지 않았다. 주차장 한 가
운데 공용 화장실로 보이는 건물 하나만 덩그러니 놓여 있
을 뿐이었다.

도수는 있는 힘껏 도움닫기를 했다.

큰 키 덕분에 철조망 끝을 한 번에 잡고 넘을 수가 있었
다.

리영춘도 재빠른 몸놀림으로 철조망을 넘었다.

연이어 양아치들도 철조망을 넘었다.

하지만 익숙하지 않은 탓인지 몇 번이나 미끄러진 후에야
모두 넘을 수가 있었다.

"이 씨발 놈들 어디로 갔어."

그들이 모두 철조망을 넘었을 때 도수와 리영춘은 보이지
않았다.

"저기로."

한 양아치가 공용 화장실을 가리켰다.

"가자, 뒈졌어."

여덟 명이 다시 움직였다.

자유로운 성격들만큼이나 일사분란하지가 않았다.

그들은 각각의 해괴한 행동으로 공용 화장실 앞에 도달했다.

"여기로 간 거 맞아?"

우두머리로 보이는 양아치가 물었다.

"맞아, 여기 외에는 도망칠 것이 없잖아."

"하긴."

주변은 탁 트인 공터였다. 아무리 어둡고 비바람이 몰아친다고 하더라도 그 짧은 시간 동안 이곳에서 벗어날 수는 없었다.

놈들은 알아서 덫에 걸린 셈이다.

"너무 어두운데? 안에 그놈들이 이를 갈고 있을 텐데."

나이가 어려서 그런지 겁은 나는 모양이다. 그는 조금도 보이지 않는 화장실 내부를 보며 중얼거렸다.

"염병하고 앉아 있네. 라이터 켜 봐."

우두머리 양아치가 옆에 있던 다른 소년의 뒷덜미를 잡고 화장실 안으로 밀어 넣었다.

그는 깜짝 놀라 발끝에 힘을 줬지만, 어쩔 수 없이 밀려 들어갔다.

"히익!"

완전히 어둠 속에 갇혔다.

볼 수 있는 약간의 빛은 그가 밀려 들어온 입구뿐. 어둠에 대한 두려움이 밀려왔다.

소년은 주머니를 뒤져서 라이터를 꺼내서 불을 켰다. 시야가 조금씩 밝아진다.

라이터를 켠 손을 들어서 주변을 살폈다. 화장실에서 새롭게 바른 시멘트 냄새가 진동을 한다.

그리고 앞에 한 사내가 서 있었다.

리영춘이 칼을 든 채 그를 매섭게 노려보고 있는 것이다. 그의 몸에서 빗물이 핏물처럼 뚝뚝 흘러내렸다.

"여, 여기 있다! 얘들아, 여기 있어!"

소년이 외쳤다.

다른 양아치들이 우르르 화장실 안으로 들어왔다.

여덟 명이나 되는 인원이 화장실 안으로 모두 들어오자 소년은 안심이 되는 모양이었다.

"이 씨발 새끼. 여기 숨으면 모를 줄 알았냐?! 넌 뒈졌어!"

소년이 의기양양하게 소리쳤다.

"과연……."

리영춘의 목소리가 담담하게 화장실 안에 울렸다.

"뭐?"

"내가 죽을까?"

"무슨 헛소리야. 아, 씨발. 졸라 안 보여. 다들 라이터 켜 봐."

우두머리 양아치가 다른 소년들에게 소리쳤다. 명령을 받은 소년들이 재빨리 주머니에 손을 집어넣어 라이터를 꺼냈다.

라이터를 손에 대고 불을 켜려는 순간이었다.

입구에서부터 희미하게 비치던 빛이 갑자기 사라졌다. 길고 거대한 그림자가 그들의 머리 위를 뒤덮고 있었다.

그와 함께 '쾅!' 소리가 터졌다.

"크악!"

한 소년의 처절한 비명이 터졌다.

소년이 뭔가에 맞아서 앞으로 튕겨져 나간 것을 그들은 알 수가 있었다. 얼굴이 뭉개진 소년은 리영춘의 발밑까지 밀려갔다.

"뭐, 뭐야!"

소년들은 당황했다.

사람을 죽일 줄만 알았지 갑작스런 상황에 대처하는 임기응변이 떨어진다.

그들은 우왕좌왕하며 칼과 쇠사슬을 들고 좌우를 살폈다.

소년들이 시야를 확인할 수 있는 것은 하나의 라이터뿐이었다.

하나, 작은 라이터 하나로는 넓은 공용 화장실 안 모두를 밝힐 수는 없었다.

"앗, 뜨거."

라이터를 들고 있던 소년은 손을 뎄는지 비명을 질렀다. 그가 들고 있던 라이터는 바닥에 떨어지고 말았다.

그리고 어둠이 찾아왔다.

"이 개새끼, 라이터를 떨어트리면 어떡해!"

우두머리 양아치로 보이는 소년의 목소리가 앙칼지게 울렸다.

"……문제를 내지."

그들이 들어온 출입구에서 낮은 음성이 들렸다.

모두의 시선이 그쪽으로 돌아간다.

출입구를 누군가가 막고 있었다.

그가 도수라는 것은 이곳에 있는 사람이면 누구나 알 수 있었다.

"너, 이 개새끼……."

앞뒤로 몰린 소년들이 짐승처럼 으르렁거렸다.

"너희들은 이곳에서 어떻게 될 것 같나?"

"씨발, 우리가 뭘 어떻게 돼! 니들이야말로 어떻게 될 것 같아? 내가 말해 줘? 아까 배에 수십 개의 구멍이 뚫린 그 새끼처럼 될 거야! 알아?!"

"틀렸어. 너희들은 저렇게 될 거야."

도수는 손가락을 들어서 리영춘을 가리켰다.

리영춘은 들고 있던 칼로 얼굴이 뭉개져서 쓰러져 있던 양아치의 가슴을 찍었다.

푸식!

"크허헉!"

그의 허리가 들썩거렸다. 소년의 눈이 경악에 가까운 빛을 띠고 있었다.

리영춘이 칼을 뽑자 가슴에서 엄청난 양의 피가 천장을

향해서 솟구쳤다.

너무도 많은 양의 피였다.

피는 천장을 적신 후 양아치들의 머리 위로 뚝뚝 흘러내렸다.

그들은 처음으로 공포를 느꼈다.

자신들이 사람을 죽일 때는 느껴 보지 못했던 두려움이었다.

몇몇은 사람을 죽였다는 것에 대해서 자랑스럽게 얘기하기까지 했다.

남자는 그래야 한다고, 사내로 태어나서 그 정도의 깡은 있어야 한다고.

하지만 이제는 입장이 바뀌었다.

놈들은 쫓는 입장이 아니라 쫓기는 입장이었다.

아직 일곱 명이나 등을 맞대고 있지만 전혀 유리하다는 생각이 들지 않았다.

"이, 이 개새끼."

"마지막 유언이라고 듣겠다."

도수의 몸이 움직였다.

암흑.

그곳에서 소년들이 할 수 있는 것은 아무것도 없었다. 이런 경험도 전무하였기에 그들의 머릿속은 공황상태에 빠져버렸다.

옆에서 뭔가가 부서지는 소리가 들렸다. 동료의 비명이

자지러지듯이 터지며 피가 튀었다.

소년들의 얼굴에 튀가 튀었다. 그 역겨움이란 이루 말을 할 수가 없었다.

"ㅇㅇㅇㅇ."

한 소년이 부들부들 떨었다.

겨우 17세의 소년.

이름은 김등불. 할아버지께서 세상에 등불이 되라고 지어 주신 이름이었다.

그러나 소년은 그렇게 살지 않았다.

등불보다는 친구들과 어울리는 것이 더욱 행복하게 즐거웠다.

반 급우들을 괴롭히는 것으로 희열감을 느꼈다.

아니, 그가 살아 있다는 해방감마저 들었다.

남들보다 강하다는 것.

남들보다 위에 서 있다는 것은 너무나도 짜릿한 일이었다.

부모의 잔소리는 짜증이 나기만 했다.

그러던 어느 날, 소년은 친구들 세 명과 함께 길을 가던 여고생을 강간했다.

여고생이 반항을 하여 조금 손봐 주었다. 그년이 눈물을 흘리면서 살려 달라고 빌었다.

등불은 그런 그녀가 너무도 재미있었다. 발바닥에 붙은 개미처럼 느껴졌다.

그녀가 살려 달라고 외치는 것을 동영상을 찍었다. 그 영상을 친구들에게 보여 주면서 자랑했다.

친구들은 그를 추켜세웠다. 자신도 한번 해 보게 해달라면서 달라붙기까지 했다.

우쭐해졌다.

자신이 갑중에 갑이 된 듯했다.

하지만 그 동영상이 문제가 될 줄 몰랐다.

친구 중에 한 놈이 그것을 인터넷에 올렸고, 경찰들이 수사에 들어갔다.

등불은 보호감찰 2년을 선고받았다.

이해할 수가 없었다.

우는 부모들이 짜증 났다.

그 길로 등불은 집을 나왔다.

친구들 집에서 전전하며 술과 담배를 펴고 마시며 본드를 흡입했다.

집 나온 여자애들을 끌어들여 마음껏 성관계를 가졌다.

살 것 같았다.

젊음이란 이렇게 불태워야 하는 것이 마땅하다고 생각했다.

그렇게 살던 중 악귀라는 놈을 만났다.

이름은 지금까지도 모른다.

그는 별명 그대로 미친놈이었다.

오토바이로 타고 도로를 역주행하며 시비를 거는 놈들은

무조건 때려눕혔다.

그리고 그는 등불과 몇몇 아이들을 유령이라는 자에게 소개를 시켜 줬다.

유령……

세상에서 가장 무서운 남자가 그라고 생각한다. 눈빛에서부터 한기가 흐른다는 것을 처음 알았다.

그는 인간 고기 장사를 한다고 하였다.

즉, 사람을 잡아다 장기를 드러내고 그것을 파는 것이다.

처음에는 무서웠다. 자신이 과연 그 일과 어울릴까 생각도 해 보았다.

하지만 일에 대해서 떨어지는 보수는 등불의 상식을 초월했다.

집 나온 여자가 아닌 쭉쭉빵빵을 마음껏 안을 수 있었고, 마음껏 마약을 할 수 있었으며, 보수로 300만 원 이상을 받았다.

300만 원.

고등학교 중퇴자에 겨우 17세밖에 되지 않는 등불이 만질 수 없는 거금이었다.

친구들도 같은 액수의 돈을 받으니 매일이 즐거웠다.

한 달에 몇 번 정도만 유령의 말을 듣고 일을 하면 된다. 처음이 어렵지 몇 번 해 보니 익숙해졌다.

납치와 살인.

이제는 무감각하다.

오히려 나이도 많은 것들이 무릎을 꿇고 살려 달라고 비는 모습에 희열까지 느꼈다.

놈들은 때리면 때릴수록, 욕을 하면 할수록 약해진다.

그러나 오늘은 다르다.

한 번도 생각해 보지 않았던 상황이 벌어졌다.

저 거구의 사내도 그들과 똑같이 무릎을 꿇고 눈물을 흘리며 빌어야 했다.

그런 게 정상이다.

하지만 상황이 이상하게 흘러가더니 본인이 극심한 불안을 느꼈다.

그게 두려움이란 감정이었다.

빠각!

"커억!"

등불에 얼굴에 피가 튀었다.

친구의 머리통이 순식간에 사라지는 것을 느꼈다.

아무것도 보이지 않는 어둠 속에서 한 명, 한 명이 쓰러져 갔다.

푹! 푹! 푹!

"으아아아아악!"

"사, 사람 살려!"

온갖 비명이 난무한다.

칼에 찔리는 소리가 천둥처럼 크게 귓가에 들려왔다.

덜덜덜.

온몸이 사시나무 흔들리듯 떨린다. 아무것도 보이지 않고, 홀로 외딴 섬에 떨어진 것 같았다.

어느새 더 이상 비명이 들리지 않았다. 동료들의 우두머리인 악귀도 쓰러진 모양이었다.

"이 씨발 새끼들. 다가오면 다 죽을 줄 알아!"

등불은 들고 있던 쇠사슬을 이리저리 휘둘렀다. 아무것도 닿지 않았다.

"무섭나."

어둠 속에서 중저음의 목소리가 들렸다.

저승사자가 눈앞에 있는 것만 같았다.

"개소리 하지 마!"

배에 힘을 주어 소리쳤다. 그렇게라도 하지 않으면 미쳐 버릴 것만 같았다.

치익.

라이터가 켜졌다.

도수의 얼굴이 보였다.

입에는 담배를 물고 있었다. 담배에 불을 붙이는 손에는 피로 물들었다.

도수는 무심한 눈빛으로 등불을 쳐다보고 있었다.

그의 눈빛을 본 순간 등불은 도망을 치고 싶었다. 양다리가 덜덜 떨려서 서 있을 수가 없었다.

"사람은 뿌린 만큼 거두는 법이다. 성인은 아니지만 너희들 나이 정도 되면 그 정도는 분별할 줄 알아야지."

도수가 다가갔다.

등불은 더 이상 욕설도 내뱉을 수가 없었다.

온몸이 오돌오돌 떨릴 뿐이다.

자신도 모르게 눈물이 흘렀다. 오줌이 줄줄 흘러 바지를 적셨다.

살려 달라고 외치고 싶었다.

다가온 도수가 소년의 얼굴을 피 묻은 손으로 잡았다. 담배 연기가 등불의 얼굴의 휘어 감았다.

엄지손가락이 소년의 눈을 파고든다.

"사람을 죽였으면 죽음으로 갚고, 사람을 상처 입혔으면 상처 입은 부위를 내놓아라. 그것이 세상의 이치다."

푹!

그의 말과 함께 엄지손가락은 소년의 눈을 파고들었다.

"으아아아아악!"

등불의 입이 벌어지며 비명이 터졌다. 하지만 꼼짝도 할 수가 없었다.

어마어마한 힘이 그의 머리를 잡고 놓아 주지 않았다. 눈알이 파괴되는 고통은 상상을 초월했다.

퍽!

이윽고 눈알의 완전히 망가졌다. 피와 흰색 액체가 뺨을 타고 흘러내렸다.

등불은 사지를 부들부들 떨려 살려 달라고 말했다.

제발 살려 달라고, 죄송하다고.

"엎질러진 물은 담을 수 없는 법이야."

도수는 그의 간절한 소망을 매몰차게 거절했다.

손가락은 다른 눈으로 옮겨 갔다.

영원한 어둠이 현실로 다가온다.

도수의 손가락이 검은 눈자 앞에서 멈췄다.

"누가 시켰나."

등불의 머리가 빠르게 돌아갔다.

알고 있는 모든 것을 말해도 죽을 가능성이 있었다. 하지만 입을 다물고 있는 것보다는 살 가능성이 높았다.

알고 있는 모든 것을 말해야 한다.

"유, 유령이 시켰습니다."

"유령? 이름은."

"피, 피현득이라고 합니다. 하지만 그는 자신의 이름을 불리는 것을 극도로 싫어합니다. 그래서 그저 유령이라고만 부릅니다."

피현득? 들어 본 적 없는 이름이다. 지방의 조직인가.

"나이는?"

"모릅니다. 무척 젊어 보이기는 합니다. 20대 후반에서 30대 초반일 겁니다."

"뭐하는 놈이지?"

"장기, 사람의 장기를 팝니다."

장기 매매 조직.

도수의 머릿속에 번뜩 스치고 지나가는 것이 있었다.

상준은 돈을 갚지 못하는 채무자들을 장기 매매 조직에 넘겼다.

혹시 놈은 그것과 관련이 있는 것일까.

"김종님과 피현득이란 자와 관련이 있는가?"

"김종민? 모릅니다. 정말로 모릅니다. 저는 시키는 일만 했을 뿐입니다."

등불을 간절하게 외쳤다.

도수는 그런 등불을 놔주었다.

등불은 무너지듯이 쓰러졌다.

"영춘아."

도수가 영춘을 불렀다.

"네, 회장님."

"가자."

"알겠습네다."

도수와 영춘이 어둠 속에서 사라졌다.

등불은 한쪽 눈을 감싸고 비틀거리며 일어섰다.

곳곳에서 신음이 흘러나오고 있었다. 발에 친구들이 걸려서 몇 번이나 넘어졌다.

딸깍.

화장실의 불을 켰다.

그리고 등불은 다시 솟구치는 공포에 몸서리를 치고 말았다.

악귀를 비롯해 모든 친구들의 얼굴이 심하게 훼손되어 있었다.

모조리 코가 주저앉았고, 눈알이 터진 아이도 세 명이나
있었다.

그것뿐만이 아니었다.

칼에 의해 양쪽 발목이 절단된 친구도 있다. 한쪽 눈알이
터진 등불이 가장 양호하다.

"으흑, 으흐흐흐흑."

사람은 슬플 때나 기쁠 때만 우는 것이 아니다. 참을 수
없는 재앙이 닥쳐 왔을 때, 공포가 온몸을 휘감을 때도 눈
물이 흐른다.

지금 등불의 심리가 그리했다.

그는 노랗게 물들인 머리카락을 쥐어 잡고는 두려움의 눈
물을 터트렸다.

쏴아아아아—

빗줄기는 멈추지 않았다.

도수와 영춘은 사고가 났던 곳을 향해서 걸어갔다. 종종
헤드라이트를 켠 차량이 지나갔지만 신기한 듯 구경만 뚫어
지게 쳐다만 볼 뿐이었다.

차량 옆에 고기만이 누워 있었다.

아까 쓰러졌던 자세 그대로였다.

더 이상 피는 나오지 않는다. 쓰러진 고기만 전신을 세찬
비가 계속해서 떨어졌다.

"개고기!"

리영춘이 급히 다가가 고기만을 안았다. 고기만은 눈을 뜨고 있었다.

그러나 몸의 힘은 하나도 없다. 손이 바닥에 툭 하고 떨어졌다.

심장은 뛰지 않는다. 숨소리도 들리지 않았다.

고기만은 죽었다.

"이놈아! 이놈아! 새파랗게 젊은 놈이 왜 죽네. 왜 죽어."

리영춘은 고기만을 안고 오열했다. 손을 들어 눈을 감겨준다.

이제야 자신의 할 일은 다 했다는 듯이 눈을 감는다.

"으어어어엉. 으어어어어엉."

리영춘의 처절한 울음소리는 빗속을 뚫고 멀리까지, 멀리까지 퍼져 갔다.

도수는 말없이 그런 리영춘을 지켜볼 수밖에 없었다.

* * *

고기만의 시신은 병원 안치실에 있었다.

리영춘이 장례를 원하지 않았기 때문이다. 그는 김종민과 피현득의 목줄을 반드시 딴 후 고기만의 영전에 바치길 원했다.

도수도 허락했다.

도수와 리영춘, 기현과 기동이 병원에서 나왔다.

병원 밖으로 나올 때까지 그들은 아무런 말을 하지 않았다.

분위기는 꽤나 가라앉았다.

그럴 수밖에 없었다.

젊은 생명들이 하나둘씩 불꽃을 꺼트렸다. 도수로서는 가장 바라지 않는 일이었다.

자신이 선이라는 생각하지 않는다. 객관적인 관점으로 보면 그는 악이었다.

하나 세상에는 너무 큰 악들이 존재했다.

그들은 오직 자신의 이권을 위해서 젊은 생명을 너무 쉽게 죽였다.

"제 뜻을 들어주셔서 감사합네다."

리영춘이 도수에게 고개를 숙였다.

"아니야. 비록 지금 장례를 치루지 못하는 것은 안타깝지만, 고기만을 그대로 보낼 수는 없지. 나도 리 팀장의 뜻과 같아. 고기만을 위해서 반드시 놈들의 목을 바치자."

"정말로 고맙습네다. 기동이도 회장님처럼 훌륭한 분을 지키다 갔으니 너무 큰 상심을 하지는 않았을 겁네다."

"훌륭은 무슨……."

길게 한숨이 나왔다.

정말로 자신이 훌륭했다면 고기만을 그렇게 보내지 않았을 것이다.

그는 지켜지는 존재가 아니었다. 자신을 믿고 쫓아오는 자들을 지켜야 하는 존재였다.

예전 민태 형님이 말을 했던 것처럼.

─조직은 자네의 귀와 눈이 되어 줄 것일세. 마음껏 쓰게. 대신 애들을 보호해 주게.

사람을 지킨다는 것.

당시에는 몰랐던 무거운 책임감이 도수의 어깨를 눌렀다.

그리고 고기만을 해친 놈.

유령이라 불리는 자.

피현득이라는 인물에 대해서 알아볼 생각이다. 도수가 생각하기에 그는 절대 악에 가까웠다.

10대 소년들에게 살인을 시킬 정도로 감정이 메마른 자.

위험한 냄새가 풀풀 풍겼다.

또다시 놈은 그가 상상하지 못하는 방법으로 치고 들어올지도 몰랐다.

만반의 준비를 하는 것만으로도 부족했다.

정보를 최대한 끌어모아 놈을 먼저 쳐야 한다. 김종민 이 개자식과 함께.

"리 팀장은 오늘 하루 이곳에서 고기만의 넋을 기리도록 해. 내 옆에는 이기동이 있을 테니까."

"죄송합네다."

"별일이 다 죄송하군. 걱정하지 마."

"내일 오전 일찍 합류하겠습네다."

고개를 끄덕인 도수가 리영춘의 어깨를 툭툭 쳐 주었다.

"돌아가자."

도수가 몸을 돌렸다.

한숨을 내쉰 기현과 기동이 그의 뒤를 따랐다. 그들은 주차장으로 향했다.

주차장에 거의 다 왔을 때였다.

따르르릉.

전화벨이 울렸다. 기현은 자신의 전화기가 울리는 것을 확인했다.

"여보세요.

―실장님, 저 수태입니다.

수태의 목소리가 다급했다.

"그래, 무슨 일이야."

―큰일 났습니다.

"무슨 일인데."

―경찰이, 경찰이 회사를 뒤집고 있습니다. 완전 난장판입니다.

"경찰?"

―네.

"알았어. 기다려 바로 가마."

전화를 끊은 기현은 도수를 바라보며 말했다.

"회장님, 회사에 경찰이 들이닥친 모양입니다."

"경찰? 그들이 왜?"

"아무래도 김종민의 입김이 들어간 것 같습니다. 그렇지 않고서야 저희만 꼭 집어서 이렇게 압수 수색을 할 리가 없죠. 제가 가 보겠습니다."

"같이 가지."

"아닙니다. 놈들은 분명 회장님을 찾고 있을 겁니다. 일단은 피신을 하셔야 합니다. 기동아."

"예, 실장님."

"회장님 잘 모셔라. 절대로 떨어지지 마라."

"알겠어라. 걱정 마이소."

기동의 어깨를 툭 친 기현은 급히 택시를 잡고 회사로 돌아갔다.

그날 회사의 모든 간부들이 조사를 핑계로 줄줄이 잡혀 들어갔다.

기현, 수태, 김실현, 백재현, 편광수, 경인철이 유치장에 갇혔다.

그들의 죄목은 살인 교사 및 금품 수수, 뇌물 등 10여 가지 항목이 붙었다.

또다시 현율 실업이 흔들리기 시작한 것이다.

*　　*　　*

"형님, 정말 고생 많으셨습니다."

김종민과 강찬수가 강남의 한 일식집에서 자리를 함께 하고 있었다.

김종민은 강찬수에게 공손하게 술을 따라 주었다. 강찬수는 허허 웃으며 술잔을 받아 마셨다.

"내가 뭐 한 것이 있나. 워낙 악질적인 놈들이라 집어넣기는 어렵지 않을 거야. 대부분이 2년 이상 받을걸."

"충분합니다."

김종민은 빙그레 웃었다.

조무래기 놈들이 2년을 받고 우두머리급인 기현은 5년 이상 받을 것이 확실했다.

그 정도의 시간이면 현율 실업이 공중분해하는 데 충분했다.

"얼굴은 어찌 된 건가?"

강찬수가 종민의 얼굴을 보며 물었다.

보조개가 있는 부분부터 입술 끝까지 찢어져서 수술한 흔적이 보였기 때문이다.

"그 자식 때문입니다."

"그 자식?"

"네, 마도수."

"아, 마도수!"

"마도수는 잡았습니까?"

"아직이네. 하지만 수배를 내렸으니 곧 잡힐 거야. 태한민국에서 공권력을 피해 갈 수 있는 사람은 아무도 없어. 저기 윗선에 계신 분들만 빼고."

"그렇지요, 공권력을 당할 수 있는 조직은 없죠."

그래서 내가 정치인이 되려는 거다, 네놈 같은 개자식들의 똥구녕을 그만 빨고 싶어서, 라고 종민은 생각했다.

"저기…… 이건 이번 성의 표시입니다."

종민은 통장과 도장, 비밀번호가 적힌 쪽지 한 장을 꺼내서 강찬수 앞에 놓았다.

"허허, 이것 참. 이런 거 바라고 한 게 아닌데."

헛소리 마라. 능구렁이 자식.

"아닙니다. 큰일을 하셨으니 마땅히 받으셔야죠."

김종민은 억지로 비웃음을 삼켰다.

강찬수는 손을 뻗어서 통장을 집었다. 그리고 통장을 펴서 뱀의 눈으로 훑는다.

정확히 10억이란 거금이 찍혀 있었다.

그는 만족한 웃음을 지으며 속주머니에 통장을 넣었다.

"그나저나 마도수에 대해서 아나?"

"네? 무슨 말씀이신지……."

"알고 보니 그자. 우리 모두가 알고 있던 사람이더군."

종민은 고개를 갸웃거렸다.

강찬수가 무슨 말을 하는지 금시초문이다.

기억력은 나름 좋다고 자부하는 그였다.

하지만 아무리 생각해도 도수란 인물은 자신의 기억에서

존재하지 않았다.

"잘 생각해 보게. 정말 의외에 인물이기는 하지."

"죄송하지만 무슨 말씀이신지…… 저는 그자를 알지 못합니다."

"하긴 기억이 안 날 수도 있지. 나도 그자가 정말 마도수인가 의아했으니까. 아마 10년이 좀 넘었을 거야. 내가 형사과장이었을 때니까. 한 젊은이가 교통사고를 당한 어머니가 억울하게 죽었다면서 경찰서로 찾아온 적이 있었지."

그제야 머릿속에 뭔가가 스치고 지나갔다.

언젠가 그와 소종태가 강남의 일식집을 관리할 때 키가 무척이나 큰 청년이 김형태를 찾아와 사과를 요구한 적이 있었다.

하지만 키만 비슷할 뿐 닮은 구석은 전혀 없었다. 그는 무척이나 유약해 보였으니까.

"당시 그 청년은 자네가 관리하던 일식집에서 폭행을 당했다고 했었네. 그래서 그 업소에 나와 배도일이 같이 찾아가기도 했었고."

"설마?"

"맞아, 그 청년이야. 그 청년은 김형태 사장을 죽이려고 했어. 무척이나 원한이 깊었을 테지. 하지만 실패했고, 그는 10년 형을 선고받았지."

"그때의 청년이 지금의 마도수란 말입니까?"

"그래. 놀랍지? 완전히 다른 인간이 되어 있어서 말이야."

"믿을 수가 없군요."

정말이다.

지금의 마도수는 과거와 비교도 할 수 없는 괴물이 되어 있었다.

원한이 그를 그렇게 만든 것일까.

10년간 오직 복수를 위해서 신체를 그토록 단련한 것인가.

그렇다면 이권을 위해서 소종태를 처단한 것이 아니다. 오직 복수를 위해서…….

자신까지도 그의 덫에 걸릴 뻔했다니 순간적으로 오금이 저렸다.

"마도수는 치밀하게 준비를 해 왔어. 원한 상대는 아마도 소종태와 자네, 그리고 김형태일 테지."

형님도 그 원한 대상자에 들어갈 것 같은데요, 말을 하려다가 말았다.

괜히 그의 심기를 건드릴 필요는 없었다.

"확실히 잡을 수는 있는 겁니까?"

"당연하지. 놈이 서울 바닥에 있다면 반드시 잡혀. 밀항이라도 한다면 모르지만."

"서울에 있을 겁니다. 놈이 정말로 마도수가 맞다면 10년이란 긴 세월 동안 이를 갈고 있었을 겁니다. 겨우 이 정도로 서울을 뜨지는 않을 겁니다."

"그렇겠지. 그러니 자네는 조심하도록 하게. 그는 지금

이판사판일 가능성이 높아. 자네만큼은 죽이려고 할 거야."

"그럴 테죠."

놈의 집념이 새삼 두렵게 느껴졌다.

지금까지 아주 강한 상대로만 여겼지 10년 동안 자신의 목을 노리고 있을 것이라고는 상상도 못했으니 말이다.

둘은 술이 얼큰하게 취한 후에야 자리를 파했다.

평상시라면 2차로 룸을 가자고 했을 테지만, 지금은 그럴 상황이 아니었다. 어서 회사로 돌아가야 한다. 당분간 마도수가 잡힐 때까지 회사에서 지낼 생각이다.

아무리 무서운 그라도 회사까지 혼자서 쳐들어오지는 못할 것이라 여겼다.

"그럼 형님, 조심해서 들어가십시오."

강찬수를 택시에 태우고 종민은 문을 닫았다. 그리고 떠나는 택시의 뒤를 향해 90도로 인사를 했다.

"짜증나는 대머리 새끼."

김종민을 허리를 폈다. 바닥에 침을 탁하고 뱉고는 담배를 꺼내 입에 물었다.

10억이란 거금이 나갔지만 나쁜 결과는 아니었다. 어쨌든 현율 실업을 반쯤 무너트리지 않았던가.

우두머리인 도수가 없으면 놈들이 무너지는 것은 시간문제였다.

또한 자신에게 원한을 가졌던 도수를 강찬수가 제거해 줄 것이다.

10년 묵혔던 체증이 쑥 하고 내려가는 기분이었다.

"그나저나 피현득은 어떻게 된 거야? 놈을 처리했으면 했다고 연락이 와야 할 것 아니야."

도수를 제거하는 조건으로 그에게 10억을 주기로 했다. 그때는 너무도 큰 위협을 느꼈었다.

하지만 지금은 그가 실패하기를 바란다. 어차피 강찬수가 놈을 찾고 있으면 굳이 10억이나 들여가면서 도수를 처리할 필요는 없었다.

솔직히 돈이 아까웠다.

아직까지 연락이 없는 것으로 보아 놈이 실패했을 가능성이 있었다.

"김형태 사장에게 연락을 해야 하나?"

김종민은 어찌해야 할까 고민했다.

마도수의 가장 큰 원한 관계는 김형태다. 그를 먼저 노리는 것이 순서.

어쩌면 그는 자신을 노리는 않고 형태를 먼저 습격할 가능성도 없지 않았다.

"아무래도 전화 한 통은 해 줘야겠군. 나중에 불벼락을 맞지 않으려면."

김종민은 전화기를 꺼냈다. 그리고 김형태를 찾아서 통화 버튼을 눌렀다.

띠리리라—

신호음이 간다.

그때였다.

누군가 그의 머리에 검은 비닐봉지를 씌었다.

앞이 아무것도 보이지 않는다. 그의 목을 엄청난 힘이 조인다. 비명조차 지르지 못할 정도의 상상을 초월하는 힘이었다.

순간 김종민은 등골이 서늘해졌다.

이런 무지막지한 힘을 가진 자가 딱 한 명 떠올랐다.

마도수.

김종민은 그 강력한 힘에 의해서 차량에 강제로 탑승했다.

"출발해."

음산한 목소리가 종민의 귓가에 들렸다.

맞다.

그다.

김종민은 비명을 지르고 싶었다.

여기서 끌려가면 다시는 되돌아오지 못한다는 것을 본능적으로 느꼈다.

하지만 그를 도와줄 수 있는 사람은 아무도 없었다.

김종민이 서 있던 자리에는 떨어진 핸드폰만이 있을 뿐이었다.

—여보세요. 여보세요. 야 이 씨발놈아! 전화를 했으면 말을 해야지. 어이, 김종민이. 지금 나랑 장난해?!

전화기 너머로 김형태의 목소리가 흘러나오고 있었다.

4.

악연의 최후

CITY OF
WILD BEAST

"으으음."

김종민의 정신이 돌아왔다.

육체적인 고통은 없었다. 하지만 자신이 어떤 상황인지는 눈치챘다.

그는 의자에 앉아 있었다. 팔목은 뒤로 당겨져 끈으로 묶였다.

눈을 떴지만 앞은 보이지 않았다. 검은 봉지가 아직도 씌어져 있기 때문이었다.

청각으로 주변 상황을 살필 수밖에 없었다.

뭔가가 덜거덕거린다. 목소리는 들리지 않았다. 발자국 소리로 보아 상대는 세 명이었다.

갑자기 상대가 김종민의 검은 봉지를 벗겼다. 검은 봉지를 벗긴 자는 리영춘이었다.

귀를 쫑긋거리고 있던 김종민의 눈과 리영춘의 눈이 마주 쳤다.

갑작스러운 상황에 당황한 김종민이었다.

"일어났네?"

리영춘이 말했다. 그는 이상할 정도로 눈빛에 적개심을 담고 있었다.

왜? 김종민은 의아했다.

자신에게 적의를 보여야 할 사람은 눈앞에 이 경호원이 아닌 도수여야 했다.

하지만 도수는 무척이나 담담한 눈빛으로 그를 내려다보고 있었다.

그는 주변을 살폈다.

소변기가 보였다. 바닥에는 엉겨 붙어서 굳어 버린 검은 핏덩이가 가득 있었다.

피를 본 순간 소름이 돋는다. 창문으로는 햇빛이 들어오지 않았다.

밤이었다.

눈앞에서 살벌한 눈빛을 하고 있는 자는 도수의 경호원.

그리고 도수만큼이나 거대하고 뚱뚱한 사내는 처음 보는 얼굴이었다.

"김종민이…… 여기가 어딘지 아네?"

리영춘이 김종민의 어깨에 손을 얹으며 말했다.

겨우 경호원 따위가 자신에게 반말을 하는 것이 마음에 들지 않았지만 상황상 화를 낼 수는 없었다.

그저 어금니를 강하게 물며, 두고 보자를 외칠 뿐이었다.

리영춘은 김종민의 뒤에서 가까이 붙어 귀에 속삭이듯 말했다.

"여기는 말이네. 내 동생이 뒈진 곳이라우. 아니지 여기서 조금 떨어진 곳에서 무참하게 칼을 맞아 뒈졌지. 바로 김종민이 네놈 때문에 말이네."

쾅!

리영춘은 김종민의 귀를 물었다. 귀를 물고 옆으로 당기자 귓불이 찢어졌다.

"크아아아아악!"

척추를 관통하는 듯한 고통을 받는 김종민이었다.

그의 귀에서 상당한 양의 피가 뚝뚝 흘러서 양복을 적셨다.

"이봐, 그렇게 고래고래 소리를 질러도 소용 없다카이. 이곳은 무척이나 외진 곳에 있거든."

기동은 비명을 지르는 종민을 보며 피식피식 웃었다.

리영춘은 종민의 구두와 양말을 벗겼다.

맨발이 드러났다.

이들이 어떤 식으로 나올지 종민은 알고 있었다. 그도 뭔가를 알아내기 위해서 종종 쓰던 고문 방법이다.

준비를 마쳤는지 리영춘이 도수의 옆으로 가서 섰다.

도수가 바지에 주머니를 넣은 채 김종민에게 다가갔다. 아직도 담담한 눈빛이었다.

10년간 그를 향해 복수의 칼을 갈아 왔던 도수이기에 적의가 담긴 눈빛보다 저것이 훨씬 두려웠다.

등골이 서늘할 정도로 섬뜩하다.

"당신…… 살아야겠지? 가지고 있는 것이 많으니까."

종민은 고개를 끄덕였다.

산전수전을 겪은 그이기에 이 상황에서 어떻게 대처를 해야 하는지 알고 있었다. 상대를 자극하면 안 된다.

"그럼 당신이 알고 있는 모든 것을 불어야겠어."

"내가 알고 있는 것이라니?"

"모든 것. 김형태, 강찬수, 배도일, 그리고 피현득이라는 놈에 대한 모든 것."

"미, 미친. 나보고 죽으란 말이냐? 그들에 대한 것을 말하면 나는 대한민국에서 살아갈 수 없어."

"……."

도수는 아무 말도 하지 않았다.

그는 리영춘을 돌아봤다. 리영춘이 망치를 가지고 다가와 김종민의 엄지발가락을 사정없이 내려쳤다.

빠각!

발톱은 산산조각이 났다.

부서진 살점이 사방으로 튀었다. 그의 엄지발가락은 압축기에 눌린 것처럼 납작해졌다.

"으아아아아아악!"

비명이 터졌다.

"시끄럽네."

리영춘은 김종민의 상의 셔츠를 푹 찢어서 그의 입속에 틀어박았다.

신음은 흘려도 비명은 밖으로 터지지 않았다. 얼마나 아픈지 눈물이 줄줄 흘러내렸다.

"참아 보라우."

리영춘은 두 번째 발가락에 망치를 내려쳤다.

빠각!

"읍ㅇㅇㅇㅇㅇㅇㅇ."

종민은 머리를 좌우로 흔들었다.

끔찍할 정도의 고통으로 인해서 그의 머릿속은 하얗게 탈색되어 갔다.

"말할 생각이 드나?"

도수가 그의 입에 물린 셔츠 조각을 빼내며 물었다.

"크ㅎㅎ흑. 저, 정말이야. 그들에 대해서는 말 못해. 제발 봐줘. 나만 죽는 게 아니야. 너도 죽어. 현율 실업? JM 기업? 그들에게는 한낱 개미만도 못해. 그들은 공룡이야. 밟히면 모조리 죽는다고."

"아직 참을 만한가 보군."

도수가 다시 그의 입에 셔츠를 물렸다.

리영춘이 김종민을 보며 씩 하고 웃었다. 입가는 웃고 있지만 눈빛은 그렇지 않았다.

그는 망치를 내려찍었다.

쾅!

세 번째 발가락이 사라졌다.

쾅!

네 번째 발가락도 사라졌다.

리영춘은 종민의 왼쪽 발가락은 모두 뭉개 버렸다.

"에이 씨, 피 튀네."

리영춘은 얼굴에 묻은 피를 손등으로 닦아 냈다.

종민은 차라리 기절이라도 하고 싶었다. 자신이 했던 고문을 직접 당하자 머리가 돌 지경이었다. 발가락이 사라진 왼쪽 다리의 고통이 점점 심해졌다.

"오른발도 뭉갭네까?"

리영춘이 도수에게 물었다.

"그래. 아직 잘릴 부위는 많아. 양쪽 발가락, 양쪽 손가락, 이빨, 성기, 죽이지 않고 얼마든지 잘라 낼 수 있지."

도수의 말을 듣는 순간 종민는 온몸의 소름이 돋았다. 도수가 말을 한 대로 모조리 잘리고 나면 살아도 산 것이 아니었다.

종민은 고개를 좌우로 마구 흔들었다.

말할게. 제발 말할게.

하지만 입에 셔츠 조각이 물려 있어 말을 할 수가 없었다.

"회장님 말씀 들었네?"

리영춘이 다시 망치를 찍었다.

쾅! 쾅! 쾅! 쾅! 쾅!

오른쪽 발가락도 모두 사라졌다.

주르륵.

고통을 참지 못한 종민의 하체에서 누런 액체가 흘러나왔다.

"간나 새끼, 겨우 이것 가지고 지리네. 끈기가 없구만."

리영춘은 끝까지 이죽거렸다.

그의 입장에서는 당장이라도 김종민을 씹어 먹고 싶은 심정이었다.

그렇다고 고기만이 살아 돌아오는 것은 아니지만.

도수가 그의 입에서 천 조각을 빼냈다.

"으흑으흐흑. 그만해. 이제 그만해. 다 말할게. 다 말을 할 테니 제발 그만해……."

종민이 흐느꼈다.

그들에 대한 분노는 나중 일이었다. 아는 사람을 모두 말하지 않으면 당장 목숨이 위험했다.

그는 살고 싶었다.

"그래, 그래야지."

도수는 종민의 어깨를 툭툭 쳤다. 얼마 전과 비교해서 완전히 뒤바뀐 처지였다.

기동이 주머니에서 녹음기를 꺼내서 틀었다.

"으흐흐흐흑. 으흐흐흑."

종민은 울면서 자신이 알고 있는 그들의 비리를 털어놓기 시작했다.

그들에 대한 이야기는 꽤나 길었다.

그들의 이야기를 들으면서 도수는 꽤나 분노했다.

노블리스 오블리주를 실천해야 할 상위 1퍼센트의 인간들이 추악하기 그지없다.

"뭐, 이런 놈들이 다 있노. 우리 깡패들은 천사구만."

이기동조차 혀를 내두를 정도였다.

녹음을 마친 기동이 녹음기를 품 안에 넣었다. 법원까지 간다면 신빙성 문제로 패소할 가능성이 높으나 놈들의 이미지에는 큰 타격을 입힐 수가 있었다.

"좋아. 그럼 난 가지."

도수가 기동을 데리고 밖으로 나갔다.

"자, 잠깐 나를 풀어 줘야지! 이렇게 놔두면 어떡해!"

종민은 다급하게 도수를 불렀다.

"나와의 일이 끝났지. 하지만 영춘이와의 일이 남아 있잖아."

그 말을 끝으로 도수는 밖으로 나가 버렸다.

"무, 무슨 말이야."

"네놈 때문에 내 동생이 죽었다고 말했잖네."

리영춘이 빙그레 웃었다.

"마도수!! 이 개자식 날 속였어! 개자식아 돌아와! 돌아와서 당장 풀어 줘!"

"회장님이 뭘 속였네. 회장님께서 널 죽이지 않는다고 한 말 기억 못하네? 널 죽이는 것은 나라우."

"이, 이런 씨발 새끼들이……."

리영춘이 그의 머리에 커다란 흰색 비닐봉지를 씌었다. 그리고 그의 목에 테이프를 칭칭 감았다.

"허어어억."

숨이 턱 하고 막혀 온다.

리영춘은 강찬수의 지문이 묻은 만년필 한 자루를 그의 발밑에 놓았다.

"재주껏 살아 보라우."

그 말을 끝으로 리영춘도 밖으로 나가 버렸다.

돌아와! 돌아오라고!

김종민이 외쳤다. 그의 말은 밖으로 새어 나가지 입안에서만 맴돌았다.

히이이익.

비닐봉지 안에 있던 공기가 순식간에 사라졌다. 공기가 사라진 비닐봉지가 그의 입에 쩍쩍 달라붙었다.

히이이이익.

숨을 쉬지 못한다는 것이 너무도 괴로웠다.

히이이이이이익.

크게 들이킬수록 고통은 가중된다.

히이익.

숨소리가 점점 작아졌다.

천천히 아주 천천히 김종민의 움직임이 멈췄다.

가장 밑바닥인 웨이터부터 시작하여 JM기업의 총수까지 오른 전설적인 인물인 김종민의 최후는 비참했다.

리영춘이 밖으로 나가자 도수와 기동이 기다리고 있었다.

"끝났노?"

기동이 물었다.

리영춘은 고개를 끄덕였다.

"이제 강찬수 차례군. 가자."

도수의 말에 리영춘과 기동의 눈빛이 섬뜩하게 번쩍였다.

이틀 후.

모든 언론 매체에 동시다발적으로 한 문구가 떴다.

──부패 공화국, 그들은 국민의 보호자가 아닌 마피아였다.

무척이나 선정적인 문구였다.

하지만 저 말이 사실인 것에 국민들은 충격을 먹었다.

다음 총선 강남 지구의 유력한 당선 후보였던 JM기업의 김종민 회장과, 마포경찰서장 강찬수의 끈끈한 연계는 모든 사람들을 경악으로 몰아넣었다.

김종민이 현율 실업을 먹기 위해서 저지른 짓은 약과였다.

그는 사업을 확장하기 위해서 거추장스러운 사람들은 모

두 제거했다.

살인 교사만 10건이 넘었다.

그를 비호한 자는 다름 아닌 강찬수 경찰서장이었다.

JM기업에서 강찬수 서장에게 넘어간 로비 자금만 20억 원에 달했다.

국민들은 분노보다 허탈감에 빠졌다. 국민의 보호자라고 자청했던 경찰의 수장이 돈을 받고 범죄자를 보호했다는 사실이 믿을 수가 없었다.

강찬수는 거울을 보았다. 꽤 살이 붙었지만 이 정도면 괜찮다고 생각했다.

머리만 빠지지 않았다면 10년은 더 젊어 보일 것이라고 여겼다.

"여보, 요즘 뭐 좋은 일 있어요?"

그의 아내인 정민이 정장 상의를 입혀 주며 물었다.

"왜, 그렇게 보여?"

"네, 굉장히 활기차 보이는데요?"

"후후, 그런 일이 있어."

"어머, 뭐지. 혹시 나 몰래 바람 피는 거 아니야."

정민은 입을 삐죽이며 말했다.

"어이구, 내가 그런 주변머리가 되나? 걱정 말아요. 나는 오직 당신밖에 없으니까."

강찬수는 정민의 엉덩이는 손바닥으로 툭툭 쳤다. 그녀는 싫지 않은지 빙그레 미소를 지었다.

"애들은?"

"학교 갔죠. 기말고사라고 하던데요?"

"그래, 열심히 해야지. 요즘은 경쟁 사회야. 조금이라도 도태되면 바로 아웃이라고."

"당신이 좀 잡고 얘기해 봐요."

"음, 그래. 오늘은 일찍 들어오지."

"어머, 정말이에요?"

"그럼."

"당신 좋아하는 삼계탕이나 끓여야겠네요."

"하하, 그거 괜찮은데? 간만에 몸보신 좀 하겠네. 하여튼 나 다녀오겠소."

강찬수는 집을 나섰다. 아내가 쫓아와 그의 어깨에 묻은 먼지를 털어 주었다.

그는 '고마워'라고 말을 한 후 현관을 나섰다.

기분이 좋다.

어쩐지 좋은 일이 생길 것만 같은 아침.

콧노래가 절로 나왔다. 그는 차에 시동을 걸고 직장인 경찰서를 향했다.

라디오를 켜자 항상 듣는 부드러운 목소리에 여성 아나운서가 올림픽 대교에 차량 정체 현상이 없다고 말했다.

커피라도 한 잔 사올 걸, 살짝 후회가 된다.

정체 되지 않는 도로를 빠져나간 강찬수의 차량이 경찰서에 도착했다.

경찰서에 들어가는 입구부터 상당한 사람들이 몰려 있었다.

뭐지? 라는 느낌이 들었다. 행색으로 보아 그들은 기자들이었다.

이렇게 많은 기자들은 좀처럼 보지 못했다.

언제더라.

3년 전, 여중생을 납치하고 강간한 후 물탱크에 버렸던 이기태 사건 후 처음이다.

그런데 이 많은 기자들이 무슨 일일까.

강찬수는 어젯밤에 무슨 일이 있었는지 생각해 보았다.

아무런 사건도 터지지 않았다. 전화를 확인해 봤지만 걸려 온 전화는 없었다.

그는 차량을 전용 주차장에 세운 후 차에서 내렸다. 기자들이 승냥이 떼처럼 달려들었다.

그리로 그들이 꺼낸 말들은 강찬수를 혼란으로 몰아넣기에 충분했다.

"서장님, JM기업 김종민 회장과의 관계는 어떻게 된 겁니까? 김종민 회장이 열 건도 넘는 살인을 저지르는 동안 그 뒤를 봐 줬다는 게 사실입니까?

"10년이 훨씬 넘는 세월 동안 조직폭력배와 관계가 있었다는데 진실을 얘기해 주십시오!"

"받은 돈이 얼마나 됩니까? 이번에 현율 실업을 옭아매는 대가로 10억이 넘는 돈을 받았다고 하는데 그 말이 사실입니까?"

강찬수는 머릿속에 하얗게 변했다.

모든 사람들 앞에서 발가벗겨진 것 같은 기분이었다.

누구도 몰라야 하며, 알아서는 안 될 내용들이 기자들의 입에서 마구 쏟아져 나왔다.

도대체 누가?

김종민이 이 개자식이 발설한 것인가.

그럴 리가 없었다.

그가 입을 연다는 것은 같이 죽자고 하는 말과도 다를 바가 없었다.

의문과 혼란이 그의 머리를 가득 메웠다. 빠져나갈 방법을 찾아야 한다.

강찬수는 '모든 것은 거짓입니다.' 라고 말을 한 후 자신의 사무실로 빠르게 올라갔다.

하나 그는 몇 시간도 되지 않아 체포가 될 수밖에 없었다.

수색 영장이 발부되었고, 집과 사무실은 긴급 수색이 들어갔다.

설상가상으로 JM기업의 김종민 회장이 일산에서 변사체로 발견되었다.

그곳에 남아 있던 만년필 한 자루에서 강찬수 서장의 지문도 채취되었다.

누군가 고의적으로 꾸민 냄새가 풍기지만, 심증만 남을

뿐이었다.

모든 상황 증거는 강찬수가 범인이라는 것을 너무도 명확하게 가리키고 있었다.

이 사실을 보고받은 대통령은 크게 분개했다. 대국민 사과를 하고 공직 사회 부패 척결을 임기 내에 반드시 이뤄 내겠다고 힘주어 말했다.

일명 김종민 게이트로 불린 이 사건으로 인해서 기업인들과 공직자들과의 내무감사가 착수되어 꽤나 많은 자들이 옷을 벗어야만 했다.

*   *   *

현율 실업은 활기를 되찾았다.

강찬수로 인해서 잡혀 들어갔던 대부분의 간부가 무혐의로 풀려났다.

"형님들, 고생 많으셨습니더."

회장실 소파에 앉은 회사 임원들에게 기동이 흰 두부를 사 와 각자 나눠 줬다.

"고생은 무슨. 며칠 푹 쉬다 왔지."

기현이 두부를 한 입에 가져갔다. 다른 임원들도 마찬가지였다.

며칠 고생은 했지만 혈색은 좋았다.

김종민이 죽고, 강찬수가 구속되었다는 소리에 모두가 소리 없이 박수를 쳤다.

앓던 이빨이 빠진 것 같은 후련함이었다.

"JM기업은 공중분해가 되겠군요."

기현이 말했다.

도수는 고개를 끄덕였다.

JM기업은 김종민 일인 체재로 움직였다. 그가 모든 사안에 대해서 결정을 내렸다.

수십 명의 임원들이 있지만 자신의 의견을 내는 자들은 없었다.

이제 그들은 JM기업의 이권을 차지하기 위해 아귀가 되어 서로 간을 물어뜯을 것이다.

현율 실업과의 차이였다.

현율 실업은 도수가 부재하더라도 원활하게 돌아갔다.

비록 그의 영향력이 크지만 JM기업처럼 순식간에 무너지지는 않는다.

일단, 기현의 존재가 크다.

그의 회사 장악력도 상당했다.

도수 몰래 욕심만 부린다면 회사를 2개로 쪼갤 수 있는 능력까지 갖췄다.

그러나 그는 그런 욕심이 없었다.

오직 도수에게만 충성하고 그를 보필하기 위해서는 무슨 일이든지 할 수 있었다.

그렇기에 도수는 기현을 믿고 자신의 뜻을 펼칠 수가 있었다.

그뿐만이 아니었다.

기동과 이무송, 송승택, 경인철, 김실연, 백재현, 편광수, 채진아 등 능력 있고 젊은 인재들이 정열을 다해서 회사를 운영하고 지켜 냈다.

그들이 아니었다면 회사가 이토록 빠르게 발전하지 못했을 것이다.

두부를 모두 먹은 그들은 점심식사를 한 후 회의를 계속했다.

그동안 JM기업과의 항쟁으로 인해서 처리하지 못한 일들이 산더미처럼 쌓여 있었다.

쌓여 있는 서류만 성인의 허리 정도는 되는 것 같았다. 서류더미를 들고 들어오는 진아를 보며 도수도 경악을 금치 못할 정도였다.

아무리 봐도 며칠은 밤을 새야 서류 정리가 끝날 듯싶었다.

회의는 저녁 식사를 한 후에도 계속되었다.

비서실의 진아도 퇴근하지 않고 임원들의 뒷바라지를 했다.

1시간마다 따뜻한 차를 끓여서 식은 차와 바꿔 주었다.

"회장님, 혹시 마가네, 라는 김치공장을 아십니까?"

서류를 넘기던 기현이 물었다.

"마가네?"

도수는 고개를 갸웃거렸다. 귀에 익은 회사지만 머릿속에서 떠오르지는 않았다.

"네, 저희 H—리치에서 꽤 싸게 나온 회사를 인수하려고 합니다. 안산에 있는 김치 회사인데요. 영업 매출도 100억 원 가까이 될 정도로 튼실합니다."

"우리 자금으로 인수할 수 있는 회사가 아닌데."

"그거야 그렇긴 한데. 그 회사 실장, 그러니까 아들놈이 꽤나 크게 공금 횡령을 했습니다. 자그마치 20억이 넘는 돈을 도박과 주식에 쏟아부은 것 같습니다. 덕분에 회사는 어음을 막지 못하고 부도가 났습니다. 저희는 그 부실 어음을 대신 회수하는 조건으로 회사를 넘겨받기로 했습니다."

"얼마에?"

"20억입니다."

그 회사의 아들이 누군지 몰라도 대단한 자다.

년 매출 100억을 자랑하는 회사를 한순간에 저렇게 말아 먹을 수도 있다니.

"정신 나간 놈이군."

"그렇죠. 아버지가 피 땀 흘려서 세운 가업을 1년도 안 돼서 무너트렸으니까요."

"마가네라……."

그런데 어디선가 들어 본 느낌이 드는 것은 왜일까.

"회사 사장 이름이 뭐지?"

"마일영이라고 합니다. 올해 나이 예순 하나입니다."

"마일영?"

"네."

기억 속에 묻혀 있던 기억이 떠올랐다.

아버지의 사업이 망했을 때 가족을 외면했던 그의 이름이었다.

작은 아버지.

"그 아들놈의 이름은 뭐지?"

"마찬수입니다."

역시 그들이 맞다.

떵떵거리며 잘살고 있을 것이라 여겼던 작은 아버지의 이름이 너무도 생소한 곳에서 들을 줄이야. 이래서 인연의 끈은 깊다고 하는 모양이다.

특히 악연의 끈은 더욱 더.

"아시는 사람입니까?"

기현이 물었다. 그가 회사의 이름을 꺼낸 것도 그것 때문이었다.

"알지. 잘 알다마다."

"친척분이십니까?"

도수는 고개를 끄덕였다.

"어쩔까요? 회사를 살리는 방향으로 방법을 알아볼까요?"

"허튼소리. 친척이라고 하지만 이미 혈연을 그 옛날 끊겼다. 나와는 상관이 없는 사람이다."

"그럼 예정대로 진행해도 되겠습니까?"

"그렇게 하도록 해. 하지만 마가네, 라는 회사 한번 가 보고 싶군."

"알겠습니다. 내일 오전에 스케줄을 잡아 놓겠습니다."

마라톤 회의는 계속 이어졌다. 회의가 끝날 무렵은 자정이 다 되었을 때였다.

회의실을 나가는 임원들은 고등학교 때 싸움질 안 하고 이렇게 공부했으면 S대도 갔을 것이라고 한숨을 쉬었다.

다음 날 아침 여유로운 시간에 도수의 집 앞으로 세 대의 고급 세단이 정차해 있었다.

한 대는 도수와 진아가 타는 차량이었고, 두 번째는 기현이 타는 차량이었다. 마지막 차량은 다른 임원들이 타고 있었다.

기현이 일부러 세를 과시하게 위해서 이렇게 배치를 한 것이다.

도수의 어두운 표정으로 보아 친척들과 척을 진 게 분명했다.

그들과 등을 돌리지 않았다면 도수가 교도소에 있을 때 면회라도 왔을 테지만, 기현은 한 번도 면회를 오는 사람을 보지 못했다.

도수의 마음에 어떤 식으로든 응어리가 있을 것이다. 기현은 조금이라도 그것을 풀어 주고 싶었다.

세 대의 차량이 안산에 있는 김치 공장을 향해서 출발했다.

출근시간을 지나서인지 도로는 그다지 막히지 않았다.

공장의 규모는 상당히 컸다. 연 매출 100억이라고 하더니 거짓말이 아닌 듯싶었다.

하지만 활기차야 할 공장의 분위기는 썰렁했다. 사람들의 안색도 좋지 않았다.

그들 모두 공장이 넘어간다는 것을 알고 있는 듯했다.

세 대의 고급 검은 세단이 공장 안으로 들어서자 직원들이 경직된다.

도수가 차량에서 내렸다. 진아가 그를 쫓아 내렸다.

붉은색 투피스를 입은 그녀는 오늘따라 무척이나 화사해 보였다.

다른 임원들도 모두 차에서 내린다.

기현을 빼고는 대부분의 임원들이 한 덩치를 한다. 어깨가 떡 벌어지고 머리카락이 짧아서 조폭으로 오인받기에 딱 좋았다.

검은 정장을 입고 덩치들이 큰 직원들이 모여서인지 위압감은 엄청났다.

그들이 모두 줄지어서 서자 공장직원들은 더욱 몸을 움츠렸다. 눈치를 보던 공장 직원 한 명이 조심스럽게 다가와 물었다.

"어디서 나오셨습니까?"

"저희는 현율 실업에서 나왔습니다. 곧 이곳을 인수할 회사죠. 이분은 저희 회사 회장님이십니다. 나머지 분들은 임원들이시고요."

진아가 대답했다.

"아, 그러시군요."

중년사내의 입에서 탄식의 한숨이 흘러나왔다.

중년을 넘은 직원들 상당수가 '마가네' 김치 공장과 평생을 함께했다.

하지만 마찬수가 큰 사고를 치면서 회사가 넘어간 것도 모자라 정리 해고를 당할 입장이었다.

그들로서는 탄식이 절로 나올 수밖에 없었다.

"잠시만 기다리시죠. 사장님 불러 오겠습니다."

중년사내는 공장 2층으로 올라갔다.

철로 된 계단으로 되어 있어 '쿵쾅' 거리는 소리가 요란하게 울렸다.

가건물로 된 2층이 사무실인 모양이었다.

잠시 후 두 명의 사내가 밑으로 내려왔다.

두 명 모두 '마가네' 라는 옅은 회색의 공장 점퍼를 입고 있었다.

약간은 구부정한 허리, 하얗게 세어 버린 머리카락, 늘어난 주름.

도수가 알고 있던 과거의 작은 아버지는 눈앞에 없었다. 그는 거의 맨발로 달려 나와 도수의 눈치를 살폈다.

바로 옆에는 사촌동생인 마찬수가 기가 죽은 채 서 있었다.

과거 좋은 성적으로 S대에 입학하여 가문에 영광이라고 자랑을 하던 기억이 떠올랐다. 그런 놈이 지금은 아버지의 회사를 통째로 말아먹었다.

"안녕하십니까. 제가 이곳에 사장인 마일영이라고 합니다. 연락을 주셨으면 미리 마중을 나갔을 텐데……."

마일영도 마찬수도 도수를 알아보지는 못했다.

"그러실 필요까지는 없습니다. 일단 둘러보도록 하죠."

마일영은 부담스러울 정도로 허리를 굽실거리며 공장 시설을 도수에게 안내했다.

시설은 무척이나 깔끔했다.

김치를 직접 손에 대는 직원들은 마스크와 소독복을 입고 작업했다.

마일영과의 대화는 기현과 진아가 도맡았다.

도수는 그들의 대화를 듣고만 있었다. 굳이 그가 나설 필요는 없었다.

회사는 전문 경영인이 운영해야 한다는 것이 도수의 기본적인 생각이다.

민수창을 영입한 이유도 그쪽 바닥을 가장 잘 알기 때문이었다.

공장을 모두 둘러본 도수와 임원들은 마일영의 사무실로 올라갔다.

작은 아버지의 사무실은 그리 크지 않았다. 열두 명의 사무실 직원들이 분주하게 움직이고 있었다.

도수와 임원들을 의식해 일부러 과장해서 움직이는 것이 티가 났다.

그들은 사장실이라고 적힌 사무실로 들어갔다.

제법 빛이 바랜 나무 책상 위에 사장 마일영이라는 명패가 세워져 있었다.

책상 옆으로는 태극기가 걸렸다.

옆으로는 책장이 있고 파일과 관련 업무 책들이 가득 꽂혔다.

나무 책상 앞으로 일곱 명이 앉을 수 있는 소파가 있었다.

"이리로 앉으시죠."

평상시에 자신이 앉던 가운데 소파를 도수에게 양보하는 마일영이었다.

도수는 망설이지 않고 그 자리에 앉았다. 마찬수 또래로 보이는 도수의 행동은 버릇이 없어 보일 수도 있었다.

하지만 마찬수는 그런 생각을 가지지 않았다.

어차피 회사는 넘어간다.

현율 실업에서 손을 내밀지 않았다면 김치 공장은 진작 은행에 넘어가 모든 직원들이 길거리에 내몰렸을 것이다.

마일영의 입장에서는 은인이나 마찬가지였다. 비록 자신과 아들은 쓸쓸하게 이곳에서 쫓겨나겠지만.

계약에 담긴 내용은 대부분 기현이 상의했다. 일단은 구두적인 것만 확인하는 셈이었다.

곧, 현율 실업과 계약을 하고 있는 로펌에서 상세한 내용이 담긴 계약서를 만들어 이들과 계약을 맺을 것이다.

마일영은 이마에서 땀을 뚝뚝 흘리며 도수의 눈치를 보았다.

어쩐지 그런 작은 아버지가 답답하게 느껴졌다.

형제인 아버지를 외면하고 얼마나 잘 먹고 잘살았나, 확인을 해 보고 싶은 마음도 있었다.

아버지가 도와달라고 했을 때, 왜 그토록 모멸 차게 대했는지 이야기를 듣고 싶었다.

하지만 지금은 그런 마음이 사라졌다.

10년의 세월은 작은 아버지를 무척이나 작게 만들었다.

"저…… 이런 말씀 드리기는 죄송하지만 한 가지 부탁을 드려도 되겠습니까?"

마일영은 손수건으로 이마에서 흐르는 땀을 닦으며 말했다.

"일단 들어 보죠."

기현이 냉담하게 답했다.

"이 회사에 딸린 식솔들이 꽤 많습니다. 저희야 회사를 떠나는 것이 마땅하다고 생각하지만, 식솔들의 안위는 조금만 봐 주셨으면 합니다."

기현은 도수를 바라봤다. 그가 정할 문제가 아니었다.

"언제부터 그렇게 사람들을 챙겼는지 궁금하군요."

도수가 비릿하게 웃었다.

그는 명백히 비꼬고 있었다.

도수는 상대의 말꼬리를 잡거나 말장난을 좋아하지 않는다.

더욱이 상대를 낮잡아 보고 비꼬지도 않았다.

그것을 알고 있는 기현과 간부들이기에 의아한 눈빛으로 도수를 바라봤다.

도수답지 않다, 라는 말이 정확할 것이다.

하지만 기현은 상황을 대충 눈치채고 있었다.

도수는 이들에게 좋은 감정을 가지고 있지 않다.

그러나 어쩐지 도움을 줄 것만 같았다.

가족의 대한 그리움일 수도 있었고, 끊어 내지 못한 혈육의 정일 수도 있었다.

"그, 그게 무슨 말씀이신지……."

마일영은 연신 땀을 뻘뻘 흘리며 손수건으로 이마에서 떨어지는 땀을 닦아 냈다.

도수는 보통 사람과는 비교도 할 수 없는 위압감을 풍긴다. 담이 작은 자들은 그의 앞에 서는 것만으로도 온몸을 바들바들 떨었다.

당연히 눈도 마주치지 못한다.

하물며 환갑이 넘은 마일영이 도수 앞에서 오금을 펴지 못하는 것은 당연했다.

그래도 오랜 시간 사업을 했던 강단이 있어서인지 마일영은 도망가는 자세를 취하지는 않았다.

"아닙니다."

도수는 말을 삼갔다.

굳이 하지 않아도 될 말을 했다고 느꼈다.

자신의 정체를 꺼낼 필요도 느끼지 않았다.

'나는 마도숩니다, 작은 아버지.' 라는 말을 한다면 잠깐의 희열을 느낄지는 몰라도 뒷맛은 무척이나 쓸 것만 같았다.

"일단은 상의를 해 봐야 알겠지만, 구조 조정은 확실히 들어갈 겁니다. 하지만 큰 상처를 입히지는 않겠습니다. 물론 저기 계신 마찬수 씨는 회사를 그만두셔야 할 겁니다."

도수는 김치 공장에 치명상을 입힌 마찬수를 직접 언급했다.

도수의 말을 들은 마찬수는 얼굴이 붉어졌다. 무척이나 창피한 모양이었다.

"그리고 당분간은 사장님께서 공장을 계속 운영해 주셔야겠습니다. 일단 저희가 이쪽에 대해서 잘 아는 것이 없으니까요. 저희 쪽에서는 감사팀을 파견할 겁니다. 사장이라고 하시지만 모든 결제 사항을 감사팀에 보고 해야 합니다. 하나도 빼먹지 않고요. 즉, 저희는 사장님을 고용하는 겁니다. 연봉 협상도 다시 해야 할 거고요."

이 정도면 해 줄 만큼 해 준 것이다.

기현도 마일영이 김치 공장의 내부 사정을 가장 잘 아는 만큼 운영을 맡기는 것이 좋다고 말했다.

김치 공장은 인수하고 예전처럼만 돌아간다면 현율 실업은 막대한 이익을 얻게 된다.

"제, 제가 정말로 회사를 맡아서 운영해도 되는 겁니까?"

다행히 불만은 없어 보였다.

하긴 김치 공장이 현율 실업으로 넘어가게 되면 구조 조정 대상 1순위가 마일영 사장이었을 테니 감지덕지해도 모자랄 것이다.

그들은 약간의 대화를 더 나눈 후 김치공장을 나왔다.

마일영 사장의 얼굴이 밝아져 도수가 멀리 사라질 때까지 허리를 굽실거렸다.

"회장님, 괜찮으시겠습니까?"

같은 세단에 탑승한 기현이 물었다. 그의 물음에는 많은 내용을 포함하고 있었다.

"괜찮아. 어차피 저들과의 인연은 아버지가 돌아가셨을 때 끝이 났다. 저들에게 호의를 베푼 것은 과거에 대한 미련 때문이지. 아버지의 동생이며 나의 작은 아버지 대한. 하지만 이제 이것으로 끝났다. 그들과 나는 평생 타인으로 살아가게 될 것이다."

도수의 말에 기현은 입을 닫았다.

이 사내는 자신에 대해 지나치게 엄격했다.

조금만이라도 자신의 행복을 찾으면 좋으련만……

5.

달콤한 휴식

CITY OF
WILD BEAST

날씨가 점점 무더워진다.

여자들의 치마 길이는 점점 짧아지고 에어컨 아침 일찍부터 돌아갔다.

TV에서는 전력 수급의 차질이 생겼다며 피크 타임에 자제를 부탁했다.

현율 실업에서도 마찬가지였다. 직원들이 혀를 내밀 정도로 헉헉 댄다.

현율 실업 건물 밖으로만 나가도 내리쬐는 땡볕에 머리가 어질어질 할 정도였다.

회사 건물 앞에 있는 작은 구멍가게가 때 아닌 호황을 맞았다.

남자 직원들부터 여직원들까지 시간이 날 때마다 아이스

크림을 구매해 먹었기 때문이었다. 생수와 시원한 음료수도 꽤나 많이 팔렸다.

사실 인근에 여러 편의점들이 모여 있지만 도수는 노부부가 운영하는 구멍가게를 이용했다.

그것을 알고 있는 직원들이 편의점보다는 구멍가게를 이용하는 것이다.

회의는 오전에 끝났다.

"회장님, 식사는 무엇으로 하시겠습니꺼?"

기동이 물었다.

별다른 일이 없으면 도수는 임원들과 식사를 한다. 업무의 연장이라고 할 수도 있었다.

임원들의 입장에서는 밥이 코로 들어가는지, 입으로 들어가는지 불편해할 테지만 지금은 많이 익숙해졌다.

"아무거나 상관없다."

"헤헤, 그럼 시원한 냉면 어떻습니꺼. 요 근방에 싸고 괜찮은 냉면집이 있거든예."

"그럼 그렇게 하도록 하지."

도수는 고개를 끄덕였다.

식사 메뉴는 정해졌다.

임원들은 도수의 뒤를 쫓아서 계단을 내려왔다. 계단에서 만난 직원들이 도수를 보고 놀라 90도로 허리를 굽히며 인사를 했다.

신사동 파에서 일반직원들이 된 사원들은 도수에 대해서

잘 알지만 새로 입사한 사원들을 그렇지 않았다.

그들은 조직폭력에 대해서 문외한이다.

열심히 공부해서 대학을 가고, 열심히 공부해서 학점을 올리고, 열심히 공부해서 취업을 했다.

당연히 회사의 전신이 신사동 파라는 것을 알 리가 없었다.

단지 H—시큐리티와 같이 건물을 사용하기에 덩치 크고 무서운 사람들이 꽤 있구나, 느낄 뿐이었다.

그리고 회장은 그들이 만나 볼 수도 없는 높은 위치에 있는 사람으로 생각했다.

도수가 어려울 수밖에 없었다.

더군다나 도수는 무척이나 무뚝뚝하지 않은가.

누군가를 위해서 힘내라, 열심히 해라, 우리 잘 해보자, 라고 말할 타입은 아니었다.

도수가 지나가자 직원들은 '휴' 라고 한숨을 내쉬었다. 그들은 도수가 사라지자 소곤거렸다.

"우리 회장님, 포스가 쩔지 않냐? 볼 때마다 가슴이 쪼그라드는 게 같다니까."

"회장님뿐입니까? 다른 간부들은 어떻고요. 이기동 과장님, 김실연 과장님, 백재현 과장님, 편광수 과장님, 경인철 과장님 약속이라도 한 것처럼 한 덩치들 하지 않습니까. 처음에는 깡패 무리에 들어온 줄 알았다니까요."

"하긴, 나도 그랬으니. 정말 등빨 하나는 대한민국 최고인 회사일 거야."

"후후, 그러게요."

기동이 그들의 말을 들었다면 헛웃음을 터트렸을 것이다.

맞다, 이놈들아. 우리가 원래 출신이 그래야, 라고 말을

하면서.

밖으로 나오니 태양빛이 작렬했다. 너무 더워서 현기증이

일어났다.

도수는 정장 상의를 벗었다. 안에는 긴팔 셔츠를 입고 있

었다.

다른 간부들도 정장 상의를 벗었다. 그들 모두 긴팔 셔츠

를 입고 있었다.

이런 더운 여름날에 긴팔 셔츠를 입고 있는 것은 무식한

짓으로 보인다. 그러나 그들이 그렇게 입을 수밖에 없는 이

유가 있었다.

일반 사원들 앞에서 절대로 문신을 보이지 말라는 도수의

직접적인 명령이 있었기 때문이다.

남들에게 보여 주기 위해서 새긴 문신이 이제는 그들에게

무척이나 거북했다.

특히 전신에 문신을 새긴 백재현 과장은 땅을 치면서 후

회했다.

그가 입에 달고 사는 소리는 '여름이 싫어'였다.

냉면 가게는 회사에서 멀지 않았다.

그러나 이렇게 더운 날씨에 그 거리를 걷기에는 상당히

곤욕이었다.

"오메, 오메. 뭔 사람들이 이렇게 많노. 저번에 왔을 때는 썰렁했는데."

냉면집은 문전성시였다.

안에 사람들이 꽉 차 있었다.

열 명 정도의 사람들을 줄을 선 채 냉면을 먹기 위해 기다리고 있었다.

몇몇 회사원들은 긴 줄을 보고는 발길을 돌렸다.

기현이 기동에게 눈치를 줬다.

회장님을 서서 기다리게 할 수는 없다는 협박의 눈치였다. 기동도 눈치가 꽤 빠르다. 기현의 눈짓의 뜻을 알아차리고 뒷머리를 긁었다.

"회장님, 다른 곳으로 가시죠. 꽤 오래 기다려야 할 것 같은데."

기현이 말했다.

"그냥 먹지. 갈증이 나서 그런지 시원하게 냉면이나 먹고 싶군."

"그렇게 하시죠."

기현은 기동을 보며 다시 한 번 주먹을 꽉 쥐었다. 민망해지는 기동이었다.

점심 시간이라 그런지 오래 기다리지는 않았다. 회전율이 꽤나 높았다.

도수와 임원들은 한쪽 구석에 자리를 잡았다.

모두 덩치가 있는지라 냉면 곱빼기를 시켰다. 기현만이 보통으로 시켰다. 그들이 자리에 앉자 식당 안이 꽉 찬 느낌이었다.

물냉면은 무척이나 시원했다.

얼린 육수들 들이키자 머리가 아플 정도로 맛이 좋았다. 가격도 저렴하다.

이 동네에서 이 정도의 가격으로 이 정도의 맛을 내는 냉면집은 없었다.

어느 식당이건 장사가 잘되는 이유는 분명히 있다. 바로 이 집처럼.

"기현아."

도수가 기현을 불렀다.

"네, 회장님."

"좋은 소식이 있더군."

좋은 소식이란 소리에 모든 간부들이 기현을 바라봤다.

무슨 좋은 소식이지, 라는 표정들이었다.

"하하, 유정 씨에게 들으셨습니까?"

도수는 고개를 끄덕였다.

"축하한다."

"감사합니다."

기현은 생각만 해도 좋은지 입술이 양쪽으로 쭉 찢어지며 감사의 표시를 했다.

"무슨 일인디요? 무슨 일? 행님."

기동이 커다란 눈동자를 양쪽으로 굴리며 도수와 기현을 번갈아 가며 쳐다봤다.

"아빠가 된단다."

도수가 대답을 해 주었다.

"네? 아빠가요? 엥? 자, 잠깐만. 기현이 행님이 아빠? 허걱이네. 형수님 애가 가졌소. 아이고, 정말 축하할 일인디요!"

기동이 기현의 손을 덥썩 잡고는 위아래로 흔들었다.

다른 간부들도 기현에게 덕담을 건넸다.

"이야, 우리들 중에 가장 먼저 이 실장님이 애기 아빠가 되네요."

"결혼부터나 해. 그만 여자 꽁무니 쫓아다니고."

애기를 가졌다는 소리 때문인지 분위기는 금방 밝아졌다. 어두침침한 사업 애기를 하는 것보다 훨씬 훈훈했다.

어디서 들은 각종 애기들에 관한 지식들이 그들의 입에서 흘러나왔다.

어디 유모차가 좋다는 둥, 어디 병원이 좋다는 둥, 어디 산후 조리원이 좋다는 둥.

아직 총각들인 그들 입에서 나올 단어들은 아니었다.

"몇 주나 됐나?"

"8주 됐습니다."

"예정일은?"

"내년 초일 겁니다."

"잘됐군."

"하하, 감사합니다. 그나저나 회장님은 어쩌실 생각이신
지……."

방실방실 웃던 기현이 도수에게 물었다.

"뭘?"

"유정 씨와요. 이제 슬슬 뭔가 진행해야 하지 않습니까?"

"나는 말이다. 순리를 좋아한다. 유정과 내가 인연이라면
굳이 뭔가를 하지 않아도 이어질 것이라 생각한다."

"그렇기는 하지만…… 인연은 만들 수도 있다고 여겨집
니다만."

"그게 무슨 말이지?"

"그냥 계기를 마련할 수도 있다는 겁니다. 예를 들어서
둘이 손잡고 남산이라도 한 번 가게 되면 분위기는 훨씬 좋
아지지 않습니까. 서로 간의 친밀도도 높아지고. 그렇게 유
정 씨의 마음도 생각해 주셔야죠. 지금보다 더 회장님과 가
까운 사이가 되고 싶을 수도 있으니까요."

"음, 그럴까."

듣고 보니 그런 것도 같다.

그는 순리를 쫓으려고 했다.

그러나 그것은 자신의 생각이었다. 유정은 다르게 생각할
수도 있었다.

너무 자신만을 생각했다는 느낌이 들었다.

"그럼요. 대부분의 남자들이 이렇게 생각하죠. '나는 너

를 사랑하니까. 말을 해 주지 않아도 알 것이다.' 하지만 여자들은 본래 남자들과 다른 생명체거든요. 말로 표현하지 않으면 안 됩니다. 너를 사랑해, 보고 싶어, 갖고 싶어, 등등을 표현해야 가정이 화목하게 유지됩니다."

"그렇군."

도수는 고개를 끄덕였다.

확실히 여성의 심리에 대해서는 그보다 월등하게 파악을 하고 있었다.

이래저래 배울 점이 많은 친구다.

도수는 업무가 끝나고 집으로 돌아왔다.

그는 땀에 젖어 있던 셔츠를 세탁기에 넣고는 돌린 후 샤워를 했다.

TV를 켜고 핸드폰을 들여다보았다.

유정에게서 전화가 오지 않았다.

사실 둘은 거의 통화는 하지 않는다. 많아야 하루에 한 번에서 두 번 정도 통화를 할 뿐.

하는 말도 특별한 것이 없었다.

밥 먹었나, 회사에 늦지는 않았나, 잘 자.

이게 다였다. 유정도 그다지 말이 없었다.

그렇다고 매일 그런 것은 아니다. 직접 만나서 데이트를 하게 되면 어느 정도 입이 열렸다. 그렇기에 서로 간의 불편함은 느끼지 못했다.

하지만 다른 직원들을 보면 그렇지 않은 모양이었다.

하루에도 대여섯 번씩 길게 통화하는 것을 보면.

도수는 통화 버튼을 눌렀다.

—오빠아아야!

몇 번 울리지도 않았는데 유정의 목소리가 들렸다.

그녀의 밝은 목소리를 들으니 지친 심신의 피곤이 씻은
듯이 씻겨 나가는 것 같았다.

"응, 바쁜가?"

—노노노, 취재 갔다가 퇴근하는 중입니다요.

"저녁 먹었어?"

—아직이죠. 집에 가서 먹으려고 했는데. 오빠가 사 주신
다면 맛있게 드시겠습니다.

"그럼 같이 저녁 먹지. 집 앞으로 갈게."

—어이고, 공사다망하신 오빠가 피곤하게 왜 여기까지 와
요. 제가 갈게요.

"아니야. 내가 가지. 너도 피곤할 텐데."

—와우, 그럼 저야 고맙지만. 오빠도 집에 가기 멀 텐
데…….

"괜찮아. 지금 출발하면 한 시간쯤 걸릴 거야. 어디 들어
가 있어."

—예압. 근처에서 커피 한잔하고 있을 게요.

전화가 끊겼다.

도수와 유정이 데이트를 할 때는 주말이다.

평일에는 서로 너무 바빠 얼굴을 볼 수가 없었다.

그렇기에 평일에 이렇게 얼굴을 보는 것은 참으로 오랜만이라 할 수 있었다.

간편한 옷으로 차려입은 도수는 집 밖으로 나온 후 유정이 있는 곳을 향해서 차를 몰았다.

유정은 도수를 데리고 돈가스 집을 찾았다.

다른 것을 몰라도 식사를 정할 권리는 유정에게 있었다. 도수는 요기만 때울 수 있다면 아무것이나 먹어도 상관이 없다는 주의였다.

그렇기에 식사를 할 때 망설일 때가 많았다.

보다 못한 유정이 이제 음식을 정할 권리는 제가 가지겠습니다, 라고 선언했다.

도수는 그렇게 하라고 대답했다.

그러는 편이 속 시원했다.

유정은 카레 돈가스를 도수는 모듬 돈가스를 주문했다.

사진으로 봐서는 양이 가장 많을 것 같아서 그것을 시킨 것이다.

"맛이 어때요?"

유정이 방긋 웃으며 물었다.

날씨가 더워서 그런지 그녀는 면바지에 짧은 민소매 셔츠를 입고 있었다. 티의 색이 하얀색이라 그런지 속옷이 모두 비쳤다.

슬쩍 가슴을 숙일 때마다 젖무덤이 보였다.

도수는 어디에 시선을 둬야 할지 난감했다.

다른 여자들은 무슨 옷을 입건 눈에 들어오지 않는데, 유정만을 달랐다.

그렇기에 이 여자를……

사랑하는 것일 테지만.

"나쁘지 않군."

도수는 생선가스 한 조각을 크게 잘라 입에 넣으며 고개를 끄덕였다.

돈가스는 어렸을 적부터 좋아하던 음식이다.

어쩌면 가족과의 추억이 담겨 있어서 그런지도 몰랐다.

도수가 초등학교를 졸업하는 날, 아버지는 가족들을 데리고 경양식 레스토랑에 가서 돈가스를 사 주셨다.

지금이야 어느 식당에서나 먹을 수 있는 돈가스지만, 당시에는 레스토랑에 가야만 먹을 수 있는 것으로 기억한다.

처음 먹어 보는 스프, 처음 먹어 보는 돈가스에 도수와 도영 형제가 무척이나 기뻐했었다.

그런 어린 형제들을 보며 아버지와 어머니는 흐뭇한 미소를 짓고 있었다.

이후에 몇 번이나 더 돈가스를 먹었지만 그때 그 시절의 맛은 더 이상 나지 않는다.

"후후, 친구들이랑 종종 오는 곳이에요. 가격 대비 정말 괜찮거든요. 그런데 오늘은 무슨 바람이 불어서 보자고 한 거예요."

"무슨 일이 있어야 보나."

"그건 아니지만, 오빠는 항상 바쁘잖아요."

"너도 바쁘잖아."

"오빠만 하겠어요."

"……."

도수는 뜸을 들였다.

막상 말을 하려고 하니 입이 떨어지지가 않았다. 쑥스럽고 창피했다.

기현은 연인끼리 당연한 것이니 걱정 말라고 했지만. 그는 그고 자신은 자신 아니던가.

"봐봐. 우리 오빠, 분명 할 말 있어. 저는 오빠 눈빛만 봐도 느낌이 팍팍 오거든요."

"그런가?"

"네. 그러니까 망설이지 말고 시원하게 말해 보세요."

도수는 고개를 끄덕였다.

"여름휴가 계획 있나?"

말이 끝나기가 무섭게 유정의 눈빛이 반짝였다.

그리고 볼이 붉게 물든다.

무슨 생각을 하는 거야, 라고 말을 하고 싶지만 내뱉지는 않았다.

"네버, 생각도 못하고 있었네요. 당연히 계획은 없습니다요."

나랑 같이 휴가 갈래, 라는 말이 왜 이렇게 입에서 떨어지지 않을까.

묘한 답답함을 느꼈다. 그럼에도 심장은 이상하게 뛴다.

유정은 잠자코 기다렸다. 분명 도수의 입에서 무슨 말이 나올지 알고 있을 텐데도.

흥미가 가득 담긴 큰 두 눈을 동그랗게 뜨고 도수를 바라봤다.

저런 표정을 짓고 있으니 말을 꺼내기가 더욱 어렵다. 그래도 말을 해야 한다.

"큼큼, 이번 여름휴가 같이 갔으면 하는데."

도수는 헛기침을 몇 번 한 후 힘겹게 입을 열었다.

"콜."

반면 유정은 너무도 쉽게 대답했다.

고민에 고민을 거듭했던 도수는 자신이 바보처럼 느껴졌다.

어쩐지 헛웃음이 나왔다.

"어디로 갈 건데요?"

"아직 정하지 않았는데."

"잘 알려지지 않은 곳으로 가고 싶은데……."

"외국?"

"해외여행이라, 나쁘지 않네요. 오빠 해외 나가 본 적 있어요?"

해외뿐만 아니라 비행기도 타 본 적이 없는 도수였다.

아니, 비행기를 타 볼 기회가 아예 없었다는 말이 옳을 것이다.

도수는 고개를 흔들었다.

"오빠는 가고 싶은 곳이 있으세요?"

생각해 본 적 없다.

기현이 아니었다면 유정과 여름휴가를 같이 보낸다는 것도 생각해 보지 못했을 것이다.

"그럼 전남 신안으로 가죠."

"전남 신안?"

대한민국 땅이지만 외국처럼 멀게 느껴졌다.

"네, 아는 선배가 그곳을 갔다 왔는데 무척이나 멋지다고 하더라고요. 동해안이나 서해안처럼 사람도 많지 않고. 오빠도 사람들이 벅적벅적 한 것 별로 안 좋아하잖아요."

도수는 고개를 끄덕였다.

"그래, 그렇게 하지. 비행기를 타고 가야 하나?"

"아니요. 오빠 차 타고 가죠. 저도 운전할 줄 아니까 힘들면 번갈아 가면서 운전하면 되요. 그리고 아는 선배한테 닦달하면 그곳 숙박권도 얻을 수 있을 것 같거든요."

"폐를 끼치는 것 아닌가 모르겠군."

"그건 아니니까 걱정하지 마세요."

일은 일사천리로 진행이 되었다.

유정은 아는 선배에게 2박의 숙박권을 얻어 냈다. 둘 만의 2박 3일 여행은 단단한 도수의 마음을 설레게 하기에 충분했다.

잠시마나 피비린내 나는 복수의 마음을 가라앉힐 수가 있었다.

장마가 지나자 다시 뜨거운 여름이 시작되었다.

매번 반복되는 수해로 사상자가 나왔고, 야당과 언론은 정부를 비판했다.

이번 전력 공급이 부족했던 이유가 한전의 비리 때문이라는 사실도 터졌다.

일본은 다케시마의 날을 공식으로 선포해 국민들의 공분을 쌓았다.

그렇게 시간이 흘러 휴가 날이 다가왔다.

유정은 새로 나온 옷을 이리저리 입어 보며 잔뜩 부풀어 있었다.

침대 위에는 수십 벌의 옷이 난장판으로 깔려 있었다.

그런 유정을 유민이 보며 물었다.

"누나, 뭔가 촉이 오는데?"

"무슨 촉."

"왜 이렇게 들떠 있어?"

"내가 뭘?"

유민의 말에 유정은 아무것도 모르겠다는 듯이 어깨를 으쓱거렸다.

"누나 조금 있다 휴가 가지?"

"그런데."

"솔직히 말해."

"얘가 자꾸 왜 이래."

"누구랑 가는데."

"치, 친구랑."

"친구 누구?"

"누구랑 가긴. 민희랑 가지."

"정말?"

"정말이지 그럼."

"알았어."

유민은 핸드폰을 들어서 현민희의 번호를 찾았다.

그리고 망설이지 않고 통화 버튼을 눌렀다. 깜짝 놀란 유정이 유민의 귀를 잡아당겼다.

"뭐하는 짓이야!"

"아야야야. 아파. 이거 놔!"

"왜 내 친구한테 니가 전화를 하고 지랄이야!"

"확인차 하려고 하는 거지!"

"상관하지 마시라고요."

"그러니까 누구랑 가는지 말해."

"민희랑 간다니까!"

"거짓말. 세상 사람 다 속여도 나는 못 속여. 도수 형이랑 가지?"

도수의 이름이 나오는 순간 유정은 자신도 모르게 경직되었다.

"이봐! 이봐! 맞네. 우와, 누나 진짜 간도 크다. 아무리 도수 형님이 좋아도 그렇지 남자랑 둘이서 여행을 가? 안 되겠다. 아빠한테 일러야지."

"야, 인마! 전화하기만 해 봐. 너 죽고 나 죽고야!"

유정은 다시 유민의 귓불을 잡아당겼다.

큰 키의 유민이 유정에게 끌려가는 모습은 무척이나 재미난 광경이었다.

"알았어. 알았어. 아파. 이것 좀 놔 봐."

유민의 애원에 유정이 손을 놔주었다. 그리고 그를 향해서 매섭게 노려보며 말했다.

"아빠한테는 비밀이야."

"우와! 이것 참. 이걸 어떻게 받아들여야 돼? 시집도 안 간 처녀가 외간 남자랑 여행이라니. 아버지가 알면 뒷목 잡고 기절하시겠다."

"오빠는 네가 생각하는 그런 남자랑 달라."

"왜 이러세요. 요즘 세상이 어떤 세상인데. 물론 형님이 믿을 만하다는 것은 알지. 하지만 세상 남자는 모두 늑대야. 아빠와 나만 빼고."

"네가 생각하는 그런 게 아니라니까."

"어떻게 믿어."

"니 누나가 어떤 여자냐? 걱정하지 말라고."

"허 참. 이걸 어떻게 걱정 안 해."

"이놈의 자식이 참. 걱정하지 말라면 하지 마!"

유정은 유민을 향해서 주먹을 꽉 쥐며 때리려는 시늉을
했다.

"알았어, 알았어. 참나."

유민은 크게 한숨을 내쉬었다. 그리고 자신의 방에 가서
뭔가를 꺼내 가지고 왔다.

"이게 뭐야?"

"뭐긴 뭐야. 전기 충격기지. 만약 형님이 이상한 짓을 하
려고 하면 그냥 옆구리에 이걸로 지져."

"허 참. 내가 무슨 짐승이랑 놀러 가냐? 그냥 우리 둘 다
머리 식힐 겸 가는 거야."

"원래 그렇게 시작하는 거야. 그렇게 하룻밤이 지나면 오
빠가 아빠 되는 법이지."

"어린놈의 새끼가 뭘 안다고. 콱!"

"어쨌든 이거 챙겨 가. 내 말 들어. 결혼식 장 안에 들어
갈 때까지는 남녀 관계는 아무도 모르는 거니까."

유민의 닦달에 어쩔 수 없이 전기 충격기를 챙겨야 했다.

이것을 쓸 일은 끝까지 없을 것이다. 만에 하나 도수가
전기 충격기를 본다면 어떤 표정을 지을까. 무척이나 화가
날 듯했다.

그렇다고 안 가지고 갈 수도 없었다.

가지고 가지 않으면 유민이 아버지한테 몽땅 얘기할 것
같으니까.

경찰이라 그런지 무척이나 눈썰미가 뛰어나다. 이럴 때는

모른 척 해 주면 좋으련만.

유정은 유민과 몇 번 티격태격 거린 후 집을 나섰다.

밖으로 나오니 역시나 더웠다.

태양빛을 가리기 위해 자외선 차단제를 잔뜩 바르고 모자를 썼지만, 살이 금방 익을 것 같았다.

집에서 멀지 않은 곳에 도수가 차를 세우고 기다리고 있었다.

유정을 발견한 도수가 차 밖으로 나왔다.

유정은 짧은 핫팬츠에 흰색 티셔츠를 입었다. 얼굴에 반을 가리는 커다란 선글라스를 쓰고 밀짚모자처럼 창이 넓은 모자를 썼다.

몸매가 좋아서인지 상당히 보기가 육감적이었다. 군살도 보이지 않았다.

하얀색 피부가 눈에 확 띄었다.

도수는 어디로 눈을 둬야 할지 알 수가 없었다.

그도 선글라스는 쓰고 있지 않았다면 그녀에게 표정을 들켰을지도 모른다.

"오빠아야!"

유정이 다가와 도수의 품에 푹 안겼다.

기분이 굉장히 좋은 모양이었다.

"그래. 왔어?"

"응. 자, 우리의 낭만적인 여행을 위해서 전남 신안으로 고고씽 합시다."

도수는 유정의 짐을 받아서 뒷좌석에 실었다. 2박 3일 짧은 일정이라 둘의 짐은 많지 않았다.

"어우, 시원해. 역시 에어컨이 좋아."

차에 타자 사방에서 에어컨이 뜨거운 그들의 몸을 식혔다.

콘크리트 바닥에 달걀을 던지면 금방이라도 프라이가 될 것 같았다.

연인을 태운 SUV차량이 서울을 빠져나갔다.

한창 휴가철이라 그런지 서울을 빠져나가는 차량들이 많았다.

평상시보다 약간은 정체된다.

하지만 잠깐뿐이었다.

서해안 고속도로를 타자 차량의 숫자가 줄어들며 시원하게 뚫렸다.

차량이 속도가 높아졌다.

"와우!"

유정은 창문을 열고 고개를 밖으로 내밀었다. 바람의 그녀의 얼굴을 스치고 지나갔다.

달리고 있는 동안만큼은 에어컨이 필요 없었다.

그들은 점심 식사를 하기 위해 휴게소에 들렀다. 바다가 보이는 휴게소였다.

바다를 보자 가슴이 뻥 뚫리는 듯하다.

그들은 식사 대신 주전부리로 배를 채웠다.

구운 감자와 맥반석에 구운 오징어, 핫바와 핫도그 등을 먹었다.

휴게소 안에는 휴가를 가는 가족과 연인들이 가득 있었지만, 도수의 눈에는 들어오지 않았다.

그의 앞에는 오직 유정만 보인다.

입에 케첩이 묻어도 예뻤다. 도수는 휴지를 꺼내 그녀의 입에 묻은 이물질을 닦아 주었다.

이 시간이 영원하지 않다는 것을 알면서 도수는 신께 기도한다.

신이시여. 잠시만의 여유를 저에게 주십시오. 그녀와 함께 있는 시간만큼은 행복하고 싶습니다.

전남으로 내려가자 차량의 소통은 더욱 원활해졌다.

강원도와 다르게 높은 산들은 거의 보이지 않았다. 산들은 낮고 민가는 적다.

사람들의 숫자도 빠르게 줄었다.

그들의 숙박한 리조트 근처로 들어서자 '슬로우 시티'라는 간판이 붙어 있었다.

간판에 붙어 있는 말 대로였다.

고향을 떠난 본 적이 거의 없기에 이런 외진 곳은 처음이었다.

세상은 빠르게 변해 가고 있지만 이곳만 시간이 정지한

듯했다.

"오빠."

"응."

"이곳 정말 좋다. 외국 나갈 필요가 없네. 이런 곳이 있는데."

유정은 턱을 창틀에 괴고 빠르게 지나가는 풍경을 보며 말했다.

"그러게."

도수도 동의한다.

차는 여섯 시간 이상을 달려서 전남 신안에 위치한 리조트에 도착했다. 너무 외진 곳에 있어 그다지 기대하지 않은 리조트였다.

한데 직접 본 순간 입이 떡하고 벌어졌다.

엄청나게 크고 깔끔한 리조트였다.

A부터 D까지 동이 나눠져 있고, 각각의 건물 모양이 달랐다.

지중해에 있는 건물들을 본 따서 만든 것처럼 보였다.

체크인을 하고 들어간 룸도 좋기는 마찬가지였다. 큰 방에는 베란다가 있어 연인들이 아침에 일어나 간단하게 요기를 하거나 차를 마시기에 좋았다.

가장 마음에 드는 것은 욕실이었다.

족히 네 명은 들어갈 수 있는 큰 욕조도 그렇지만, 블라인드를 올리면 멀리 떨어져 있는 섬과 바다가 한눈에 보였다.

아쉬운 것은 해가 지기 시작해서 바다가 잘 보이지 않는다는 것이다.

"배고프지?"

"네. 오빠. 우리 맛난 바비큐 먹으러 가요?"

"그래, 가자."

그들은 간단하게 편안 옷으로 갈아입고 바비큐 파티장으로 향했다.

바비큐 파티장은 그들이 묶는 숙소에서 조금 거리가 있었다.

멀다고 해도 도수와 유정은 상관없었다. 둘이 같은 있는 이 시간을 최대한 즐기고 있으니까.

손을 잡고 하늘을 본다.

서울에서는 보기 힘든 별들이 하늘을 가득 메우고 있었다. 언제 이렇게 별이 많아졌는지 알 수가 없었다.

바비큐 파티장은 바다고 보이는 곳에 있었다. 따로따로 떨어져 있는 것이 아니라 커다란 천막 위에 수십 개의 테이블이 놓였다.

수십 명의 대학생들이 MT를 왔는지 도수와 유정이 앉은 탁자 바로 뒤편에서 시끄럽게 떠들었다. 둘의 말소리가 거의 들리지 않을 지경이었다.

도수가 좀 조용히 해 달라고 말을 하려고 하자, 유정이 그의 손을 잡고 고개를 흔들었다.

"오빠, 쟤들은 여기까지 와서 학업 스트레스를 푸는 거예요. 하루 정도는 놀게 놔두세요. 괜히 쟤들이 술김에 오빠한테 덤볐다가는 어떻게 될지 빤히 보이잖아요."

"쟤들이 어떻게 되는데?"

"초죽임이지 뭐. 오빠의 손속이 무섭다는 것은 처음 봤을 때부터 알았으니까."

"그런가?"

"그럼. 저를 괴롭혔던 용역 직원들 있죠? 저는 태어나서 인간의 몸이 그렇게 돌아간다는 것을 처음 알았다니까요. 술이 확 깼어요."

"그런 거에 비해서 날 전혀 무서워하지 않던걸."

"모르겠어요. 지금 생각해 보면 미쳤던 것 같기도 하고. 어쨌든 이상할 정도로 오빠가 무섭지 않았어요. 굉장히 친하게 느껴졌다고 할까요. 그러고 보니 오빠 명함 줬는데도 연락 안 했죠?"

"출소한 지 얼마 되지 않았기도 했고, 나와는 전혀 다른 세계의 사는 사람이라고 생각했었지. 다시는 만나지 않을 것이라고 여기기도 했고."

"설마 민희의 신랑과 아는 사람일 줄 상상도 못했겠죠."

"맞아. 너무도 예상 밖이었어. 더군다나 너는 볼 때마다 술을 마시고 있었으니까."

"흥, 그래서 술꾼 여친은 싫다 이건가요?"

"그런 말은 아니야. 단지 조금 드세게 느꼈다고 할까."

"후후후, 그래서 인연이라는 말이 존재하나 봐요. 전혀 어울리지 않을 것 같았던 우리가 이렇게 한 자리에 남아 있으니까요."

도수는 고개를 끄덕였다.

둘은 바비큐를 모두 먹고 자리에서 일어났다.

멀지 않은 곳에 바닷바람을 맞으며 걸을 수 있는 산책로가 있었다.

그들의 귓가에 철썩철썩 거리는 파도 소리가 들렸다.

둘은 손을 잡고 걸었다.

유정은 샌들을 벗어 한 손으로 들었다. 그녀의 발목까지 차가운 바닷물이 찰랑거렸다.

하늘에서는 달과 별이 멀리서는 바다를 밝히는 등대가 빛을 내고 있었다.

"이얏!"

걸으면서 유정은 장난처럼 물을 찼다. 차가운 바닷물이 앞으로 튀어 나갔다.

한참을 걸어가던 둘은 약속이라도 한 것처럼 한 자리에 멈춰 섰다.

둘은 서로를 바라봤다.

환한 달빛으로 눈동자가 선명하게 보였다. 눈동자 속에는 서로의 모습이 그려져 있었다.

도수는 손을 들어서 그녀의 뺨을 만졌다.

약간의 취기로 인해서 유정의 뺨을 살짝 달아올라 있었다.

도수가 용기를 낼 수 있었던 것은 술기운 때문인지도 모른다.

그러나 하늘에 맹세코 그의 심장에서 속삭이는 말은 진실이라 할 수 있었다.

도수가 허리를 숙였다.

유정은 눈을 감았다.

서로의 입술이 포개졌다.

부드러운 입술이 닿자 세상에 모든 고통이 사라지는 듯했다.

그들은 서로에게 말한다.

사랑합니다.

그대를 내 목숨보다 더 사랑합니다.

둘은 그렇게 한 발자국 더 가까워지고 있었다.

6.
살인광의 역습

CITY OF
WILD BEAST

도수에게 상준을 찾으라는 명령을 받은 사슬 김봉남과 개코 리광죽은 드디어 단서를 찾았다.

아무리 도수가 전폭적인 지원을 해 준다고 하더라도 한국에 아무런 연관이 없는 조선족인 그들이 상준을 찾기란 백사장에서 바늘을 찾는 것처럼이나 어려웠다.

하지만 노력의 끈은 닿았다.

상준과 비슷하게 생겼다는 제보를 받은 것이다. 그들은 한 걸음에 오산시까지 내려갔다.

김봉남과 리광죽이 도착한 곳은 오산시에서 상당히 떨어져 있는 외진 곳이었다.

그렇다고 사람이 살지 않는 곳은 아니다. 주변에 건물들도 종종 있었고 편의점도 보였다.

그러나 전체적으로 봤을 때 상당히 외진 곳임은 분명했다. 밤 10시가 조금 넘었을 뿐인데 사람들은 거의 보이지 않았다.

차량들도 드문드문 지나다닐 뿐이었다.

"여기네? 여기에 사람이 살긴 사는 것이네. 무슨 귀신 나올 것 같은데."

김봉남은 5층짜리 폐건물을 보며 중얼거렸다.

"옳다. 음습하구나야. 무시개 나올지 모르겠네."

리광죽은 긴장한다.

본래 두려움과는 담을 쌓고 지냈던 그들이다.

현율 실업 직원 중에 가장 겁이 없는 자들을 뽑으라면 단연 이들이라고 말을 할 수가 있었다.

하지만. 그들은 불안감을 느끼고 있었다.

건물 자체에서 알 수 없는 불길함이 흘러나온다.

아까 옆 건물 편의점에서 담배를 사며 이 건물에 대해 물어봤을 때 아르바이트생은 고개를 절레절레 저으며 말했다.

"저 건물은요. 아무도 접근을 하지 않아요. 사람들이 드나드는 것 같긴 한데. 무엇을 하는지는 알 수 없어요. 사람들은 저 건물을 보며 귀신들린 집이라고 하죠. 왜냐고요? 가끔 저 건물에서 여자 울음소리 같은 것이 들리거든요. 저는 들어 본 적이 없는데 제 친구는 들어 본 적이 있다고 하더라고요."

섬뜩한 소리였다.

밖에서 바라본 건물은 살기가 가득했다.

모든 창문에 신문지와 검은색 테이프를 붙여 밖에서 바라볼 수 없게 만들었다.

사람이 안에 있다고 확신을 한 것은 곳곳에 존재하는 CCTV 때문이었다.

그것이 아니었다면 그냥 지나쳤을지도 모를 일이다. 어쨌든 구린내가 물씬 풍기는 건물이다.

"뒤로 돌아가자."

김봉남과 리광죽은 조심스럽게 건물의 뒤로 돌아갔다. 최대한 CCTV에 나오지 않게끔 조심하면서.

하지만 건물 뒤쪽에는 출입구가 없었다.

아니, 있기는 있지만 용접을 해 놓아 열 수가 없었다.

그들이 안쪽으로 들어갈 수 있는 길은 유리로 된 현관문뿐이었다.

고민에 빠질 수밖에 없었다.

"어쩌네? 우리 둘이 들어가는 것은 위험하지 않겠네?"

"그기야, 그렇지. 조금만 더 지켜보자."

안에 사자가 사는지, 뱀이 사는지 모르는 처지다.

너무 정보가 부족했다.

그렇다고 건물을 출입하는 사람들은 몇 시간이나 지켜봐도 찾을 수가 없었다.

불빛도 새어 나오지 않았다.

"상준이라는 놈이 벌써 자리 옮긴 거 아이네? 여기 숨어 있다면 인기척이라도 있어야 할 것 같은데."

"일단 들어가 보자. 놈이 이곳에 있다는 것이나 있었다는 것을 확인하면 바로 본 사에 연락하면 된다."

김봉남의 말에 리광죽은 고개를 끄덕였다.

그들은 최대한 벽에 붙어 현관문 앞으로 다가갔다. 그러고는 편의점에서 구입한 마스크를 썼다.

그들은 바닥에 떨어져 있던 기름에 쩐 걸레를 들어 현관 유리에 댔다.

그러고는 돌로 찍어서 유리를 깨트렸다.

꽈지지직.

유리가 깨지며 꽤나 큰 소리를 냈다.

주변이 너무 조용하기에 유리가 깨지며 떨어지는 소리는 무척이나 크게 울렸다.

김봉남과 리광죽도 깜짝 놀랄 정도였다. 그들은 현관문 밖에 숨어서 잠시 상황을 살폈다.

현관문을 부쉈음에도 아무도 나오지 않았다.

둘은 서로를 바라봤다.

아무래도 건물 안에는 아무도 없는 듯하다. 그들은 발목에서 칼을 꺼내서 들었다.

고개를 끄덕인 그들이 건물 안으로 슬며시 잠입해 들어갔다.

어둠이 눈에 익도록 잠시 숨을 고르는 여유도 보였다. 어둠이 눈에 익자 고개를 돌려 주위를 바라봤다. 1층으로 들어갈 수가 없었다.

모든 문이 막혀 있었다.

2층으로 올라갈 수밖에 없었다. 그들은 칼을 힘입게 쥐고 천천히 걸음을 옮겼다.

만반의 상황을 체크하고 움직이던 그들이지만, 자외선을 건드렸다는 것은 꿈에도 몰랐다.

김봉남과 리광죽이 2층까지 올라갔다. 3층으로 올라갈 수가 없었다.

3층으로 올라가는 길 역시 모두 막혀 있었다.

"어쩌네? 계속 가네?"

리광죽의 물음에 김봉남이 고개를 끄덕였다.

불길한 기운이 온몸을 감싸고 있었다.

마치 도수를 처음 만났을 때와 비슷한 기분이었다. 아니, 그때보다 더 하면 더 했지 덜하지는 않다.

감을 믿는 그들이기에 보통 때라면 포기하고 물러났을 것이다.

하지만 간신히 잡은 상준의 행적을 놓칠 수는 없었다. 그렇기에 어느 정도 위험을 감수한다.

앞발로 균형을 유지하면서 2층 복도를 걸었다. 고양이처럼 날렵한 움직임이다.

귀 기울여서 듣지 않으면 그들이 움직이는 소리를 듣지 못한다.

2층 복도 끝에 다다랐다.

누구도 모습을 나타내지 않는다. 또한 어떤 소리도 들리지 않았다.

이번에는 다시 밑으로 내려가는 계단이 나왔다.

복도가 복잡하지는 않았다. 하지만 지금 이 길이 더욱 위험해 보였다.

누군가 앞과 뒤를 가로막는다면 꼼짝없이 포위되고 만다.

김봉남은 결정을 내려야 했다.

여기서 전진을 할 것인가. 아니면 일단 물러나서 도수에게 보고를 할 것인가.

그러나 도수에게 무엇을 보고한다는 말인가. 상준의 본 것도 아니고 이곳에 살았다는 증거도 없었다.

무엇인가 확인을 해야 했다.

"가자."

김봉남이 작게 말했다.

고개를 끄덕인 리광죽이 그의 뒤를 바짝 쫓았다.

김봉남은 전면을, 리광죽은 혹시 모를 뒤에서의 공격을 대비한다.

아무리 칼질에 자신이 있다고 하더라도 갑자기 찔러 오는 공격은 대응하기 쉽지 않았다.

1층까지 계단을 내려갔다. 막혀 있다. 계속 내려가야만 한다.

지하까지 내려오자 퀴퀴한 냄새가 사방에서 풍겼다.

김봉남과 리광죽은 인상을 찡그렸다. 이것은 곰팡이 냄새가 아니었다.

그들이 연변에서 종종 맡았던 향이다.

바로 죽음의 냄새.

이곳에서 뭔가 벌어진 듯하다.

천장에는 붉은빛을 내는 전등이 달려 있었다.

시야는 확보됐다.

아직까지는 아무도 보이지 않았다. 그들은 조금씩 전진한다.

너무도 고요했다.

건물에 잠입하기 전 시끄럽게 울어 대던 벌레들의 울음소리가 그리울 지경이다.

극심한 긴장감에 위가 아파 온다. 이런 긴장감은 난생처음이었다.

어렸을 적 사람을 처음으로 죽였을 때도 이렇게 긴장하지 않았다.

김봉남이 무엇인가를 발견했다. 그는 손을 들어서 리광죽을 멈추게 했다.

왜?

리광죽은 김봉남을 바라봤다.

그는 지하실에 듬성듬성 뚫린 방 하나를 바라봤다. 문도 없는 방이었다.

김봉남이 방을 향해서 천천히 들어갔다. 방 안에서 엄청난 악취가 진동을 한다. 온갖 의료 시설이 있는 것으로 보아 수술실처럼도 보였다.

마스크를 쓰고 있음에도 냄새는 코끝을 뚫고 들어왔다.

그들은 인상을 찌푸렸다.

수술대 위에는 벌거벗은 여자가 누워 있었다.

이미 죽었는지 숨은 쉬지 않았다. 살이 썩어서 문드러지기 시작했다.

이제껏 죽은 그 여자에게서 악취가 풍겼던 것이다. 목부터 배는 갈라져 있었다.

장기 적출이다.

중국과 인도, 파키스탄 등지에서 종종 발생하는 일.

그것이 한국에서 벌어지고 있는 것이다.

그녀는 눈도 감지 못했다. 눈알까지 적출을 당했기 때문이었다.

사라진 눈알에서는 구더기가 들끓고 있었다.

김봉남은 바닥에 아무렇게나 떨어져 있던 긴 천을 주워 그녀에게 덮어 주었다.

이 여자가 누군지 모른다.

이름이 있을 것이다.

누군가의 아내일 수도 있고, 누군가의 딸일 수도 있고, 누군가의 어머니일 수도 있었다.

사람마다의 생명이 같다고는 생각하지 않지만, 이렇게 죽어서는 안 되는 것 정도는 안다.

이건 사람이 할 짓이 아니다.

악마나 이런 짓을 한다.

김봉남은 살의가 들끓었다.

만에 하나 상수가 사채업을 그만두고 이런 일을 했다면 직접 처단할 생각이었다.

그때였다.

그들의 등 뒤에서 인기척이 들렸다.

김봉남과 리광죽이 급히 등을 돌렸다.

어느새 수십 명의 사내들이 문 앞을 가로막고 있었다.

자신과 같은 청부업자들도 아니고 건달들도 아니었다. 입고 있는 옷들이 하나같이 10대 후반에서 20대 초반의 양아치들이었다.

상준은 체면을 무척이나 중요시 여겼다. 항상 명품으로 겉을 치장했다.

당연히 양아치들과는 말도 섞지 않으려고 했다.

그런 그가 저들과 손을 잡았다? 조금은 이해가 되지 않는다.

하긴, 지금 그의 처지로 본다면 식은 밥, 차가운 밥을 가릴 때가 아니기는 하다.

"상준이 어디 있네?"

김봉남은 낮은 음성으로 말했다.

그러나 양아치들은 헤죽헤죽 웃기만 할 뿐, 대답하지 않았다.

"그러는 니들은 누군데?"

양아치 사이로 한 사내가 나타났다. 무척이나 평범한 얼굴이었다.

신장도 보통이고, 얼굴에 특징이 없는 사내였다.

다음 날 다시 본다고 하더라도 머릿속에 떠올리기가 무척이나 어려운 자였다.

그런 저놈이 무척이나 위험하게 느껴졌다.

그가 피현득이었다.

뇌리에서 경고음이 터지고 이곳에서 빠져나가라고 소리치고 있었다.

그러나 사방이 막혔다.

이곳으로 들어온 것이 큰 실수였다.

상황으로 봐서는 자신들이 이곳에 들어온 것을 이미 눈치채고 있는 듯하지만…….

이곳에서 빠져나갈 수가 있을까.

"상준이 어디 있네?"

봉남이 다시 물었다.

"너희들, 왜 나를 찾지?"

피현득의 옆으로 상준이 나타났다.

그동안 마음고생을 했는지 조금은 말라 보였다.

하지만 눈빛은 무척이나 매서워졌다.

"우리랑 같이 가셔야겠소."

"왜?"

"회장님이 찾으시니까?"

"회장님 누구? 혹시 너희들 마도수 개자식한테 붙은 거냐?"

마도수라는 이름이 나오자 상준은 몹시 흥분을 한다.

그가 눈앞에 있다면 당장이라도 때려죽이고 싶은 표정이었다.

"그분은 말이오. 당신과는 다른 사람이니까."

"개소리 하고 앉아 있네. 같은 사람인데 뭐가 달라. 너희 같은 인간 백정들을 받아 주니까 감동받았어? 앙? 오우, 그런가 본데. 씨발놈들."

"쓸데없는 소리는 그만."

"염병하게 자빠졌네. 잘됐네. 그렇지 않아도 슬슬 놈을 칠 때가 됐는데 니놈들 모가지를 선물로 보내 줘야겠네."

"그만하라고 안 했네."

김봉남이 앞으로 나서며 칼을 쭉 뻗었다. 흥분한 것은 아니다.

어떤 때보다도 상황을 냉철하게 보고 있었다.

상준의 목을 취하려면 지금밖에 기회가 없었다.

하지만 그의 칼은 양아치들에게 막히고 말았다.

이미 그들은 방비를 하고 있었다.

그들이 칼과 체인을 가지고 물밀듯이 방안으로 밀려 들어왔다.

"죽여!"

"뒈졌어!"

적막으로 가득했던 지하실에 온갖 욕설이 난무한다.

"개코! 빨리 회장님께 이 사실을 알려!"

그 말을 끝으로 김봉남이 앞으로 치고 나갔다.

수십 명이 좁은 방에 밀려들어 어떻게 손을 쓸 수가 없었다.

빠져나가는 것은 포기했다.

뒷일은 도수와 리영춘에게 맡길 수밖에 없었다. 연변에 남은 가족이라도 챙겨 주길 바라면서…….

그는 칼을 짧게 찔렀다.

지금은 크게 휘두를 때가 아니었다.

짧고 빠르게 찌르고 빼내야 한다.

"커헉."

가장 선두에 섰던 양아치 한 명이 목을 부여잡고 쓰러졌다.

쓰러진 그를 일으켜 세워 주는 자는 없었다. 수십 명의 발에 짓밟힌다. 앞에 선 양아치들은 제대로 칼을 휘두를 수가 없었다.

뒤에선 자들이 마구잡이로 밀고 들어와 떠밀린다.

그들이 살 수 있는 방법은 최대한 빨리 김봉남과 리광죽을 죽이는 것밖에 없었다.

자신들에게도 상대에게도 무척이나 잔인한 싸움 방법이었다.

엄청나게 많은 팔들이 들렸다.

그 팔들에는 모두 칼이 들려 있었다. 그것들은 마구잡이로 김봉남을 찔렀다.

앞이 꽉 막혀 있어 피할 길이 없었다.

김봉남은 한 손을 들어 뒷목을 감쌌다. 목이 찔리면 한 번에 죽는다.

최대한 한 명이라도 더 저승길로 끌고 가야 하지 않겠는가.

푹푹푹푹!

그의 등에 사정없이 칼이 박혔다. 살을 지지는 듯한 고통이 전신을 타고 흘렀다.

팔과 다리의 힘이 쭉 빠진다. 그렇지만 여기서 쓰러질 수는 없었다.

봉남은 어금니를 꽉 깨물고 칼을 찔러 댔다.

어차피 인간 벽으로 꽉 막혀 있으니 아무렇게나 찌를 뿐이었다.

푹푹푹푹푹!

코앞에서 비명이 터진다. 힘을 잃은 그가 무릎을 꿇고 쓰러졌다.

뒤에서 밀려온 다른 양아치의 쓰러진 사내의 자리를 대신한다.

푹푹푹푹!

"으아아아아아악!"

칼을 찌르는 소리와 비명이 교차한다.

이미 십수 명의 양아치들이 힘없이 쓰러져 일어나지 못했다.

하지만 아직 그만큼의 숫자가 남아 있었다.

봉만은 의식을 잃어 갔다.

무의식적으로 칼을 찌를 뿐이다. 그의 등은 수십 번이 넘는 칼에 찔려서 이미 너덜너덜했다. 목을 잡았던 손등도 반으로 갈라졌다.

문득 여자 친구가 떠올랐다. 결혼을 하지 않았지만 이미 같이 살고 있는 사이였다.

애기도 가져서 배가 서서히 나오기 시작했다.

한국으로 오기 전 그녀에게 했던 말이 기억난다.

─한국 가서 돈 많이 벌어 오겠서. 돈도 매달 꼬박꼬박 붙이고. 그러니까 얌전하게 기다리고 있으라우.

지금쯤 막달이 됐을 텐데.

이번 일만 해결하면 회장님께 말씀드려 연변에 한 번 갔다 올 생각이었는데.

우리 아기 이름은 지었을까. 이름이라도 짓고 올걸.

미안허이.

내 사랑하는 그대여.

부디 내 없이도 잘살기 바라오.

김복남의 의식이 끊어졌다.

그는 심장은 멈췄지만 육체는 움직이지 않았다. 잠시라도 리광죽에게 시간을 벌어 주기 위함인지도 몰랐다.

"죽여! 죽여!"

양아치들이 계속 밀려왔다.

그들에게 밀려서 김복남의 육신이 쓰러졌다.

발밑에 수많은 시체와 뒤엉키고 말았다. 그들을 짓밟으며 양아치들은 계속해서 밀고 들어왔다.

리광죽은 김복남의 죽음을 눈앞에서 목격했다.

"형님!"

그는 절규한다.

그러나 절망하지 않는다. 죽음은 빠르건 늦건 누구에게도 찾아오는 것이기에.

단지 이렇게 죽는다는 것이 억울했다. 허무하게, 누구도 알지 못하는 이곳에서.

상준의 위치를 알려야 한다.

그리고 자신들의 죽음을 알려야 한다.

리광죽은 아무렇게나 핸드폰을 눌렀다. 지하실이라 그런지 신호가 잘 잡히지 않았다.

푹! 푹! 푹!

양아치들의 칼이 그의 복부를 찢고 들어왔다.

찢어진 배에서 내장이 압력을 이기지 못하고 밖으로 튀어나왔다. 한 손으로 그것을 막는다.

제발, 제발. 아무나 받아 줘.

리광죽은 간절하게 소망했다.

통화권을 이탈했다.

푹푹푹!

그 짧은 시간에도 놈들은 리광죽의 가슴에 칼을 박았다.

제발…….

피에 젖은 손으로 마지막 누른 버튼에서 통화가 연결되었다.

의식이 흐려져 누군지는 확인할 수가 없었다.

―여보세…… 요.

잘 들리지 않았다.

"여긴…… 오, 오산입네다. 이곳에…… 상준이……. 다른 세력과 같이 있습네다. 부디…… 조심하시길."

―여…… 보…… 세요. 이봐, 리광…… 죽!

자신의 이름을 부른다.

어느 정도는 알아들었겠지.

젠장.

돈 많이 벌어서 가족들과 행복하게 살고 싶었는데…….

리광죽이 쓰러졌다. 그의 등 뒤로 십수 개의 칼들이 마구 내려 꽂혔다.

*　　*　　*

"이 가시나. 어디서 뭐하는 기고."

기동은 마야 클럽 안으로 들어갔다.

그는 고된 하루 일을 마치고 샤워를 한 후 잠을 자기 위해 침대에 누웠을 때 한 통의 전화를 받았다.

마야 클럽의 웨이터로 있는 한 후배의 전화였다.

그는 기동에게 '형님, 형수님 이곳에 계신대요. 술이 많이 취하셨어요. 아무래도 한 번 와 보셔야 할 것 같은데요.' 라고 말했다.

화가 난 기동을 침대에서 벌떡 일어나 지갑만 챙기고는 마야 클럽으로 향했다.

기동의 여자 친구 미자는 연예인 지망생이다.

하지만 운이 없는 것인지 아니면 재능이 없는 것인지 이십대 중반에 다가서는 아직도 지망생으로 머물러 있었다.

입에 풀칠이라도 해야 하니 나이트클럽에서 웨이터로 일을 했고, 그때 기동을 만났다.

그리고 만난 지 2개월도 안 돼 동거 생활에 들어갔다. 기동은 자신이 너를 먹여 살릴 테니 신부 수업이나 하라고 그녀를 설득했다.

씨도 먹히지 않았다.

미자는 자신의 이름이 촌스럽다고 느꼈다.

그렇기에 영어로 '스잔'이라는 예명까지 만들어서 오디션을 봤다.

근래 오디션 열풍까지 불어 이력서를 넣을 곳도 많아졌

다. 대신 경쟁률이 높아지는 했지만.

모조리 낙방이었다.

그녀는 낙담했다.

꿈이 손에 닿지 않는다면서 마시지도 못하는 술을 자주 마셨다.

그러던 중 현율 실업에서 엔터테이먼트 회사를 차린다는 말을 기동에게 들었다.

기동은 아무 생각 없이 한 말이었다.

하나 미자에게는 아니었다.

그녀는 자신에게 마지막 기회가 왔다고 생각했다.

크건, 작건 모든 연예 기획사에서 고배를 마셨던 그녀였다.

몇 번을 해도 기획사의 문턱조차 밟을 수가 없었다.

미자는 기동에게 부탁했다. 자신도 그 기획사에 들어갈 수 있게 해 달라고.

기동은 어이가 없었다.

사사로운 친분을 이용을 이용해서 부탁을 하는 것은 도수와 기현이 가장 싫어하는 일 중에 하나였다.

최초 현율 실업이라는 간판을 내걸었을 때 두 번의 큰 항쟁을 겪느라 인재가 너무도 없었다.

그렇기에 신사동 파와 관련된 인원들을 그대로 쓸 수밖에 없었다.

하지만 지금은 아니었다.

도수의 뜻대로 공정하고, 심도 있게 인재들을 선별하여 각각의 조직에 맞게 배치를 했다.

　애초에 엔터테이먼트 회사부터 출발을 했다면 모를까, 지금에 와서는 어림도 없는 일이었다.

　그가 회사 간부라는 것을 이용해 미자를 엔터테이먼트 연습생에 포함시켜 후에라도 발각이 된다면 도수와 기현의 분노는 피할 수가 없었다.

　생각만 해도 등골이 오싹하다.

　그런데 저 정신 나간 여자가 서방의 목줄을 걸고 청탁을 하라고 말하는 것이다.

　"절대 안 돼. 야, 너 회장님이 어떤 분이신지 몰라서 그러냐? 나 죽는 걸 보고 싶어서 그래!"

　기동은 매몰차게 거절했다.

　하지만 미자는 자신의 뜻을 꺾지 않았다.

　"제발, 제발 부탁이야. 겨우 연습생이야. 회장님도 모르실 거야. 나 한번만 봐 줘. 더 나이를 먹으면 연습생도 할 수가 없어. 한번이라도 무대에 서 보고 싶단 말이야."

　"아, 돌겠네. 너나 나 좀 봐 주라. 너 꽂아 주고 나중에 걸리면 회장님의 귀에 들어가기 전에 기현 형님한테 뒤진단 말이다."

　"제발, 제발."

　미자는 무릎을 꿇고 애절하게 울음을 터트렸다.

　그녀의 꿈이 무너지는 것 같아서 기동도 안타까웠다.

그는 미자를 잡고 말했다.

"알겠어. 하지만 연습생은 안 돼야."

"그럼?"

"오디션을 보게 해 줄게."

"정말?"

"그려. 죽이 되든 밥이 되든 한번 해 봐. 최선을 다해서 말이여. 내가 해 줄 수 있는 것은 거기까지여. 알겠어라?"

"고마워. 오빠, 정말 최선을 다해서 유명한 스타가 될게."

기동은 한숨을 내쉬었다.

H—엔터테인먼트 민수창 실장에게 싫은 말을 하려니 속이 뒤틀렸다.

하지만 사랑하는 미자가 저렇게까지 원하는데, 끝가지 모른 체를 할 수도 없었다.

그리고 며칠 후 미자는 자신을 스잔이라고 소개하며 민수창과 미나 앞에서 오디션을 치렀다.

결과는 낙방이었다.

미자는 펑펑 울었다.

"지들이 뭘 알아! 나는 스타가 될 몸이란 말이야! 왜 한번 키워 볼 생각도 하지 않냐고! 내가 뭐 어디가 어때서……."

그런 미자를 보며 기동은 쓴 입맛을 다셨다.

민수창 실장이 미안한 얼굴로 기동에게 말했다.

"과장님, 과장님의 부탁이고 하니까 어지간하면 플러스 점수를 주려고 했는데…… 큼큼, 아무래도 조금 어렵겠습니다."

"왜?".

"일단 어필할 수 있는 매력이 없습니다. 요즘과 같이 빠르게 변하는 이 바닥에서는 단번에 어필할 수 있는 매력이 반드시 있어야 합니다. 굳이 엄청나게 예쁘지 않아도 됩니다. 하지만 스잔 씨에게는 그것이 없습니다. 예쁘기는 예쁩니다. 그러나 단지 그뿐입니다. 그 정도로 예쁜 아가씨들은 연예계의 넘치고 넘칩니다. 나이도 많고, 연기도 그다지 잘하지 못하고, 노래도 그냥 그렇습니다. 매력도 좀 떨어지고요. 죄송합니다."

최악의 악평이었다.

저렇게 대놓고 말하니 화도 나지 않았다. 그저 미자의 현실을 직시했을 뿐이다.

단지, 미자만 인정하지 않을 뿐이었다.

그리고 그날 이후 미자는 매일 같이 술에 빠져 살았다. 꿈을 포기해야 할 상황이니 무척이나 괴로울 것이다.

문제는 미자가 술이 약하다는 것이다.

소주 반 병 정도만 되어도 혀가 꼬부라지고 한 병을 먹으면 필름이 끊어진다.

요즘 같은 세상에 클럽에서 그토록 취하게 되면 나 잡아가십시오. 오픈되어 있습니다. 라고 말하는 꼴밖에 되지 않았다.

어쩔 수 없이 기동은 매일 밤 지친 몸을 이끌고 미자를 데리고 와야만 했다.

미자는 테이블 위에서 두 명의 친구들과 앉아 있었다.

앞 좌석에는 세 명의 젊은 사내들이 있었다. 모두 오늘 밤 이 여자들을 어떻게 넘어트릴까 생각하고 있는 것이 눈에 보인다.

기동이 다가갔다.

기동을 알아본 미자의 친구들이 깜짝 놀라 자리에서 일어났다.

그의 앞에 있던 젊은 사내들도 고개를 돌려 기동을 보았다.

기동의 엄청난 덩치를 본 그들이 긴장한다.

기동이 사내들의 어깨에 손을 얹었다.

"니들이 무슨 잘못이고. 저 가시나가 저 꼬락서니를 하고 있는 것이 잘못이지. 내 암 말 안 할게. 다른 데 가서 놀기라."

기동에 말에 사내들이 조심스럽게 자리에서 일어났다.

술이 오르기는 했지만 자신들이 어찌할 수 있는 상대가 아니라는 것은 대번에 눈치챘다.

그들이 가자 미자가 고개를 들고는 기동을 바라봤다.

"어라, 오빠네? 여긴 어인 일이야."

"퍼뜩 일어나라, 집에 가자."

"싫어. 나 한잔 더 할 거야."

"빨리 일어나라. 화내기 전에."

"싫어. 집에 가서 뭐해. 내가 밥을 잘해, 반찬을 잘 만들어, 그렇다고 연기를 잘해, 춤을 잘 춰, 노래도 못하고, 아무짝에도 쓸모없는 내가 집에 가서 뭐하냐고."

제대로 주정이다.

"니 적성에 맞는 일이 있을 기다. 어서 인나라."

"싫다고!"

기동은 한숨이 절로 나왔다.

─위이이이잉.

바지에 넣어 두었던 핸드폰에서 진동이 울렸다. 그는 핸드폰을 꺼내 이름을 확인했다.

영양가 없는 전화면 받지 않을 생각이다.

그러나 걸려 온 핸드폰에 찍힌 자는 무척이나 의외였다.

리광죽.

도수의 직속 부하이자 경호팀의 직원이었다.

연락처가 있기는 하지만 그와 직접적인 통화를 한 적은 없었다.

리광죽이 전화를 해야 할 사람은 도수, 기현, 리영춘이었다.

업무상으로도 연관될 일이 없었다.

의아했다.

그리고 이 늦은 시간에 그에게서 전화가 왔다는 것 자체가 불길했다.

"여보세요."

기동은 전화를 받았다.

—여긴…… 오, 오산입네다.

잘 들리지 않는다.

기동은 한쪽 귀를 막고서 음성을 높여 리광죽을 불렀다. 말소리는 계속 띄엄띄엄 들렸다.

—이곳에…… 상준이……. 다른 세력과 같이 있습네다. 부디…… 조심하시길.

"여보세요? 이봐, 리광죽!"

기동은 소리를 높였다. 음성이 엄청 커서 주변 사람들이 돌아볼 지경이었다.

기동은 핸드폰을 내려놓았다.

그는 리광죽이 한 말을 종합해 보았다.

오산.

상준.

다른 세력.

조심.

……뭔가 일이 터졌다!

이러고 있을 때가 아니었다.

"야, 이미자! 당장 들어가. 나 지금 회사로 들어가 봐야 혀. 이봐, 미자 친구들. 내가 누군지 알제? 얘 지금 당장 집으로 데려다 줘."

기동은 미자의 친구들에게 만 원짜리 다섯 장을 주고는 급히 클럽을 빠져나왔다.

　뭔가가……

　심상치 않은 뭔가가 벌어지고 있음이 확실했다.

7.

광기의 밤

다섯 대의 검은 세단이 어두운 밤거리를 엄청난 속도로 달리고 있었다.

깜짝 놀란 다른 차량들이 다른 차선으로 슬금슬금 피할 정도의 속도였다.

차량들은 오산시 외각에 위치한 폐건물 앞에서 멈췄다.

차량의 문이 열리고, 스무 명 가량의 사내들이 쏟아져 나왔다.

그들 대부분이 제대로 챙겨 입지 못했는지 런닝 셔츠나 트레이닝복만을 입고 있었다.

자다 나와서 머리가 한쪽으로 눌린 사내도 보였다.

사내들은 차량 트렁크를 열어 쇠파이프를 하나씩 꺼내 들었다.

모두 현율 실업의 직원들이었다.

"건물을 향해서 헤드라이트 비춰라! 다섯 명은 밖에서 대기. 나머지는 모두 건물 안으로 진입한다."

기현이 다급하게 소리쳤다.

그가 기동의 전화를 받은 것은 두 시간 전이다.

몇 마디 들은 것만으로도 상황의 심각성을 알았다.

그는 곧바로 도수에게 전화를 걸었고, 이번 사태에 투입할 수 있는 모든 가동 인원들을 끌고 오산으로 온 것이다.

건물 안으로 가장 먼저 뛰어든 것은 리영춘과 마도수였다.

그들은 반쯤 부서진 현관을 발로 차고 안으로 들어섰다. 다른 직원들도 모두 그들을 쫓았다.

도수는 눈살을 찌푸렸다.

1층으로 가는 길은 없었다.

철문을 닫아 용접을 해 버려서 2층으로 올라가야만 했다.

그는 망설임 없이 2층으로 향했다.

2층에서 다시 한 번 길이 막혔다. 3층으로 올라갈 수가 없었다.

"상준이 이 개자식."

함정을 파 놨을까.

그래도 상관없었다.

놈들이 이곳에만 있다면 몇 놈이 있건 잡아낼 자신이 있었다.

도수는 어두운 2층을 빠르게 걸으며 신문지와 검은 종이로 막아 놓은 유리창을 모조리 깨트렸다.

와장창 소리가 나며 부서진 유리가 사방으로 흩어졌다.

달빛으로 인해 어두웠던 실내가 밝아졌다. 덕분에 걸음걸이가 빨라졌다.

2층 복도 끝에 다다르자 지하로 향하는 복도가 나왔다. 그 길을 쫓아서 내려온다.

지하로 내려오자 도수는 얼굴이 일그러졌다. 사방에서 피 냄새가 진동을 하고 있었다.

그는 천천히 앞장서서 걷는다.

도수를 보호하기 위해서 리영춘이 바짝 붙어 있었다.

다급하게 건물 내로 진입을 했지만, 여기서부터 경거망동할 수는 없었다.

늑대가 나올지, 사자가 나올지 짐작도 가지 않는다.

도수의 걸음이 멈췄다.

그의 걸음이 멈춘 곳은 문이 없고, 수술실로 보이는 한 방이었다.

방을 본 순간 도수의 눈동자가 심하게 흔들렸다. 그의 눈빛에서 엄청난 살기가 흘러나왔다.

주먹을 꽉 쥐고 수술실 안으로 들어섰다.

그의 옆에 서 있던 리영춘의 입에서는 알 수 없는 기이한 신음이 터졌다.

"어, 어? 어, 어, 이, 이게 뭐네."

그들의 뒤편에 서 있던 기현과 김실현은 수술실 안을 보고는 경악을 금치 못했다.

김복남과 리광죽은 양팔을 벌린 채 수술실 벽에 매달려 있었다.

눈알이 파이고, 장기도 적출 당했다.

그들을 매달아 놓은 팔에는 콘크리트 못이 몇 개나 박혀 있었다.

"사, 사슬, 개코야."

리영춘은 그들을 껴안았다.

그들의 몸에서 나온 피가 영춘의 몸을 적셨지만 개의치 않았다.

"으흑, 으흑. 이게 무슨 꼴이네. 도대체 무슨 짓을 당한 기야."

리영춘은 그들을 안고 흐느꼈다.

"으흑, 으허허허헝."

도저히 참을 수가 없는 눈물이었다.

그는 짐승과 같은 소리를 내며 굵은 눈물을 뚝뚝 흘렸다.

"우우욱."

몇몇 직원들이 김복남과 리광죽의 처참한 모습을 보고 속에 있는 것을 게워 내고 말았다.

고인 앞에서 그러지 말아야 한다는 것은 알지만, 속에서 밀려오는 그것을 참을 수가 없었다.

"도대체 누가 이런 짓을 저지른 것이지. 상준은 아니야.

이런 짓을 저지른 자는 악마인가."

기현마저 몸서리가 쳐졌다.

제정신이 박힌 사람이라면 이토록 시신을 훼손하지 못한다.

도수는 김복남과 리광죽의 피로 글자가 써져 있는 벽면을 보았다.

마도수, 다음은 너다.

이상준일까.

그가 진정 이토록 잔인한 짓을 저질렀을까.

상준이든, 다른 누구이든 상관이 없었다.

받은 만큼 돌려준다는 말은, 말도 되지 않는다.

받은 것에 천 배 아니, 일만 배로 갚아 준다.

"건물 싹 뒤져. 놈들이 남아 있으면 사로잡아. 팔과 다리를 끊어 놔도 상관없다."

도수의 음산한 명령이 현율 실업 직원들에게 떨어졌다.

"알겠습니다."

직원들도 시퍼렇게 눈을 빛내며 건물 상층 위로 뛰어 올라갔다.

현율 실업이라는 소속감은 그들에게 꽤 강하다. 비록 친하지 않더라도 다른 조직과의 경쟁이 붙는다면 목 놓아 같은 직원을 응원한다.

그런데 두 명의 직원이 처참하게 너무도 처참하게 당했다. 직원들의 눈빛에서 불꽃이 튀었다.

직원들이 건물을 샅샅이 뒤졌다. 4층으로 먼저 올라갔던 직원 한 명이 급히 내려와 도수에게 보고했다.

"4층에 사람들이 있습니다."

고개를 끄덕인 도수가 4층으로 올라갔다. 4층은 밑에 층과는 비교도 할 수 없이 화려했다. 음악이 쿵쾅거리며 수많은 남녀가 발가벗고 뒤엉켜 있었다.

얼마나 대마초를 피워 댔는지, 4층에 문을 열고 들어서는 순간 머리가 아플 지경이었다.

"어쩔까요?"

기현이 물었다.

아무리 봐도 이들은 상준의 패거리들이 아니었다.

아마도 이들은 돈을 주고 마약을 하러 온 마약 중독자들. 그리고 여자들은 이들을 접대하기 위한 창녀들이다.

"이들이 뭔가 알고 있을지도 모르지. 다 조져."

명령이 떨어졌다.

"모두 조져!"

기현이 외쳤다.

직원들이 쇠파이프를 들고 그들을 향해서 휘둘렀다.

빡! 빡! 빡! 빡!

반쯤 마약에 취해서 쾌락을 즐기던 그들에게 벼락이 떨어졌다.

머리통이 깨지고 팔과 다리가 이상하게 휘었다. 갑작스러운 구타에 사람들은 비명을 질러 댔다.

하지만 아무도 그들을 도와줄 수 있는 사람은 없었다.

반쯤 발가벗고 있는 여성들도 마찬가지였다.

직원들은 여자라고 봐주지 않았다. 그녀들의 머리채를 움켜쥐고 쇠파이프로 사정없이 갈겼다.

'우리가 누군지 알아. 이 미친놈들아!' 라고 외치던 여성의 이빨이 모조리 부러졌다.

그제야 사람들은 상황의 심각성을 인지했다.

그들에게 이들은 저승사자였다.

10분도 되지 않아 20여명의 남녀가 모조리 끌려 나왔다. 제대로 성한 사람은 한 명도 없었다. 발가벗은 그들은 무릎을 꿇은 채 팔목이 뒤로 묶였다.

도수는 신음을 흘리고 있는 그들을 차가운 눈으로 내려다보았다.

"아는 것 모두를 불게 만들어. 철저하게, 무자비하게."

"알겠습니다, 회장님."

고개를 끄덕인 기현이 무릎을 꿇고 있는 사람들에게 소리쳤다.

"살고 싶으면 아는 것을 모조리 불어야 할 거야. 내 장담하지. 만에 하나 너희들이 이곳에 대해서 아는 것이 하나도 없다면 단 한 명도 살아서 건물 밖으로 나가지 못할 거야."

마약에 취해 있다고 하지만 기현의 말을 알아듣지 못하는 사람들은 없었다.

점점 두려움이 그들의 육신을 지배하기 시작했다.

도수는 5층으로 걸음을 옮겼다.

5층의 문을 열자 화려하지는 않지만 무척이나 큰 사무실이 모습을 나타냈다.

안에는 아무도 없었다.

사무실 벽면을 가득 메운 책들만 도수를 반길 뿐이었다.

책상으로 다가간다.

누군지 몰라도 무척이나 깔끔한 성격으로 보였다. 책상은 먼지 한 톨 없을 만큼 깨끗했다. 정리정돈이 완벽하게 되어 있었다.

책상 위에는 구식 폴더 핸드폰 하나가 놓여 있었다.

―위이이이잉.

핸드폰이 울린다.

도수는 핸드폰을 잡고 폴더를 열어 귓가에 댔다.

―씨발! 마도수! 나다!

익숙한 목소리가 들렸다.

"이…… 상…… 준."

―그래, 나다. 씨발놈아. 어때? 니 쫄따구들 아작 나는 꼴을 보니까? 열 받냐? 열 받아? 염병하고 자빠졌네.

"어디냐. 너."

―왜? 알면 오시려고?

"이제 우리의 긴 악연은 끝내야 하지 않겠나."

도수는 천천히 한마디씩 또박또박 말했다.

—끝내야지. 알지? 니가 뒈져야 해피엔딩으로 끝난다는 것을.

"어디냐."

—알아 맞춰 봐. 씹새끼야.

그 말을 끝으로 전화가 끊겼다.

불길함이 등을 훑고 지나갔다.

상준은 혼자가 아니다. 그것은 확실하다.

문제는 그와 함께 있는 자가 누구냐는 것이다. 교도소를 포함해서 별의별 악당들을 보았지만 이런 미친 짓을 태연하게 저지른 자는 한번도 보지 못했다.

놈은 세력을 가지고 있는 사이코다.

그가 무슨 짓을 저지를지 불길해졌다.

"회장님."

기현이 다가왔다.

"알아낸 것이 있나?"

"저들도 자세한 것은 알지 못했습니다. 모두 돈을 주고 이곳을 이용한 자들입니다. 하지만 이곳에 주인을 이렇게 부르더군요."

"뭐라고?"

"유령."

"유령?"

"네."

도수의 머릿속에서 하나의 지도가 만들어졌다.

유령이란 피현득을 말하는 것이다.

이상준과 피현득의 관계. 그리고 피현득과 김종민의 관계.

전혀 맞춰지지 않는 인물들이지만 하나로 모아 놓으니 어느 정도 퍼즐이 완성된다.

이상준은 피현득에게 몸을 의탁했고, 김종민은 피현득에게 의뢰를 했다.

그는 자신을 처리하는 대가로 이중으로 이득을 챙기려고 했던 것이다.

그러나 결정적인 뭔가를 빠트리고 있는 것처럼 느껴졌다.

도대체 어떻게 그들이 서로를 알게 된 것일까. 그들을 이어 붙일 단서가 아무 것도 없었다.

퍼즐의 전체적인 모습은 보이지만 그들의 연결 고리가 보이지 않았다.

뭔가가 있다.

"여보세요."

기현이 전화를 받았다.

그의 목소리로 인해서 도수는 잠시간의 상념에서 깨어났다.

"뭐? 알았어. 바로 갈게. 버텨!"

기현의 목소리가 다급해졌다.

"무슨 일이지?"

도수가 물었다.

"회사가…… 회사가 놈들에게 습격당했습니다."

으드드득.

도수는 어금니를 부러져라 강하게 물었다.

"이상준, 피현득."

그들의 이름이 머릿속에 똑똑히 각인된다.

*　　*　　*

경비 및 안내를 맡고 있는 민수와 효창은 현율 실업에서 새롭게 뽑은 신입 사원들이었다. 모두 체대 출신으로 무척 이나 건장하다.

성격들도 밝아서 선배들과 곧잘 어울렸다.

연봉도 다른 곳에 비해서 나쁘지 않고, 가장 마음에 드는 것은 직원 복리후생이었다.

단지 조금 피곤한 것은 일주일에 한 번씩 야간 근무를 서야 한다는 정도였다.

오늘도 민수와 효창이 야간 근무를 서는 날이다.

"아함! 오늘은 한가하네."

민수가 양팔을 올리고 길게 하품을 했다.

야간 근무의 장점은 한가하고 상관들의 눈치를 보지 않아도 된다는 것이고 단점은 지루하고 졸음을 참아야 한다는 것이다.

그나마 다행인 것은 취객들을 상대할 필요는 없었다.

H—시큐리티 관제팀에서 대부분의 취객들을 상대하고 있으니 말이다.

그들이 하는 것은 건물 경비와 종종 찾아오는 손님들에 대한 안내였다.

손님이라고 해 봤자 술 취한 사람들이 건물 안에 화장실을 찾거나 시비를 거는 것이 대부분이었지만.

"그러게. 오늘은 이상할 정도로 한가하네. 모두 휴가 갔나."

효창이 민수를 좇아 하품을 했다.

시도 때도 없이 사이렌을 울리며 출동을 하던 보안회사 출동팀의 횟수가 현저하게 적은 것으로 보아 강남 전체가 잠잠한 모양이었다.

"낼 아침에 소주나 한잔할까."

효창이 빙긋 웃으며 말했다.

"또 아침에 소주냐. 남들 출근할 때 술에 취하는 것이 얼마나 꼴불견인 줄 알아?"

"그래? 난 이상하게 사람들 출근하는 걸 보면서 소주 한잔하는 게 좋던데. 난 자유다, 라는 느낌이야."

"지랄한다. 얼른 집에 가서 자. 저녁에 여자 친구 만나야 돼."

"쳇, 좋겠다. 나도 여자 좀 소개시켜 주라. 아주 외로워 미치겠다."

"너 하는 거 보고."

둘은 입사 동기였다. 나이도 같아서 금방 친해졌다. 그렇기에 어지간해서는 둘이서 같이 야간 근무를 신청했다.

무서운 선배들과 같이 일을 하는 것보다는 훨씬 편했다.

위이잉—

마침 자동문이 열렸다. 문이 열리며 서너 명의 사내들이 건물 안으로 들어왔다.

힙합 보자를 쓰고, 딱 달라붙는 티를 입었으며 건빵 주머니가 달린 칠부 바지를 입었다.

신고 있는 농구화의 색은 화려하다.

삐져나온 머리카락의 색은 노랬고 귀에 코, 입술, 눈썹에 피어싱을 했다.

대충 봐도 10대 양아치였다.

민수와 효창이 자리에서 일어났다. 일단은 점잖게 타일러서 내보낼 생각이다.

설마 저들이 보안 회사를 찾은 고객은 아닐 것이다.

"어떻게 오셨습니까?"

민수는 최대한 부드럽게 말했다.

좋게 말해서 나가면 아무런 짓을 하지 않을 테지만 욕을 하거나, 시비를 걸면 버릇을 고친 후 내쫓을 마음을 가지고 있었다.

키가 큰 양아치 한 명이 안내 데스크에 양쪽 손바닥을 댔다.

그러고는 혀를 내밀었다. 혀에도 피어싱이 박혀 있었다.

"우리가 왜 왔을 것 같아?"

기가 차다.

어린놈의 새끼가 반발부터 찍찍 내뱉는다.

민수는 치밀어 오르는 화를 억지로 참아 냈다.

"잘못 오신 것 같은데. 이만 나가시죠."

"아닌데?"

양아치는 고개를 한쪽으로 꺾으며 민수의 두 눈동차를 뚫어지게 쳐다봤다.

"여기는 니들 같은 양아치들이 올 곳이 아니다. 좋은 말할 때 나가라. 다친다."

끝내 폭발하고 마는 민수였다.

"아니라니까, 씹새야."

양아치는 갑자기 칼을 꺼내 민수의 어깨를 푹 하고 찔렀다.

"크아아아악!"

어깨의 힘이 쭉 하고 빠진다.

칼에 처음으로 찔려 본 민수는 고통과 섬뜩한 공포를 동시에 느껴야 했다.

"이, 이런 개새끼가. 뭐 하는 짓이야!"

효창이 욕설을 내뱉었다. 하지만 아무런 행동은 취하지 못했다.

이런 경우에 대비해서 김실현 과장에게 훈련을 받기는 했지만, 몸이 굳어 제대로 반응하지 못한 것이다.

진짜로 그런 일이 있겠어, 라는 설마 하는 마음도 몸을 굳게 하는 데 한몫했다.

"이런 짓이다. 병신아!"

다른 양아치 한 명이 등 뒤로 숨겨 놓고 있던 야구방망이를 들고는 효창의 머리통을 후려쳤다.

빡! 소리와 함께 효창의 몸이 핀볼처럼 날아가 버렸다.

"이, 이런 개 같은 일이……."

어깨를 붙잡고 있던 민수는 신음을 흘렸다.

왜 그토록 이기동 팀장이 야간 경비에 신경을 쓰라고 한 이유를 이제야 알았다.

"개 같기는. 다 그런 거지, 뭐."

키 큰 양아치가 씨익 하고 웃더니 민수의 머리통을 야구방망이로 갈겼다.

그 역시 빡 소리와 함께 쓰러지고 말았다.

민수와 효창은 쓰러진 채 움직이지 않았다.

깨진 이마에서 피가 줄줄 흘러 깨끗한 대리석 바닥을 적셨다.

민수는 간신히 눈동자만 움직여 효창을 바라봤다.

그 역시 머리통이 깨져 바닥에 쓰러져 있었다. 움직이지 않아서 죽었는지 살았는지는 알 수가 없었다.

정신 차려야 돼. 정신을…….

그는 간신히 의식을 유지했다.

하지만 금방이라도 정신이 정전이라도 된 것처럼 꺼질 듯 했다.

위이잉—

문이 열리는 소리가 들렸다.

사람들의 발자국 소리가 들렸다. 민수는 눈을 가늘게 뜨고 그들을 바라봤다.

한 놈도 빼놓지 않고 10대 양아치로 보였다.

그들은 앞선 놈들과 다르게 얼굴에 두건으로 가리고 있었다.

CCTV에 찍힐 것을 염두 한 것으로 보인다.

또각또각.

구두 발자국 소리가 들렸다.

앞선 놈들과는 다르다. 저들의 얼굴만이라도 확인해야 했다.

두 놈 모두 정장을 입고 있었다. 눈빛이 흐릿해져 그들의 얼굴이 보이지 않는다.

하지만 목소리는 똑똑히 기억한다.

"모조리 엎어 버려. 놈이 와서 눈이 뒤집어지게."

아, 안 돼.

도대체 어떤 놈들인지는 몰라도 건물에 있는 모든 사람들에게 큰 해를 끼치려고 했다.

경고를 해 줘야 한다.

민수는 젖 먹던 힘을 다해서 손을 들었다. 비상벨을 누르기 위함이었다.

비상벨은 모든 사무실에 연결이 되어 있다.

관제실에서 알아차리기만 하면 비상 연락망을 통해 외부에 출타 중인 모든 출동 대원들에게 연락이 갈 것이다. 그들이 돌아온다면 지금의 위기를 넘길 수 있다.

하지만…….

"뭐야, 이 새끼. 안 뒈졌네?"

정장을 입고 있던 한 사내가 불쑥 얼굴을 내밀었다. 사내의 얼굴은 무척이나 무미건조했다.

그러나 그의 얼굴을 본 순간 엄청난 위화감이 느껴졌다.

동시에 사내는 뭔가를 들고 민수의 뒤통수를 내려쳤다. 민수는 그것을 끝으로 의식이 사라지고 말았다.

기동은 현율 실업 내 자신의 부서 사무실을 지키고 있었다.

도수와 기현은 스무 명 정도의 직원들을 데리고 오산으로 갔다.

야간 근무를 서고 있는 직원들을 동원할 수는 없었다. 야간 근무를 서는 자들은 H—시큐리티의 직원들과 정문에서 경비 겸 안내를 맡고 있는 두 명의 직원들뿐이었다.

그는 이곳에 남아 초조하게 연락을 기다렸다.

잠깐 미자가 잘 들어갔는지 떠올랐다. 이내 그녀를 머릿속에서 지웠다.

지금은 그녀를 생각할 때가 아니었다.

리광죽의 마지막 목소리가 뇌리에서 맴돌았다.

제발 죽지만 말아다오, 라고 두 손을 모아 빈다.

"음."

책상에 올려놓은 핸드폰을 보고 있던 기동이 고개를 들었다.

그의 등줄기를 관통하는 서늘한 무엇인가가 느껴졌다.

숲 속에서 벌레들의 울음소리가 그쳤을 때와 비슷했다. 뭔가가 밑층에서부터 올라온다.

기동은 책상 밑에 있던 8㎏짜리 아령을 들었다.

그리고 사무실 문을 열었다.

"으아아악! 이 새끼들 뭐야!"

"사, 사람 살려!"

밑에서부터 비명 소리가 들리고 있었다.

기동은 문을 닫은 후 사무실에 켜져 있던 모든 불을 껐다.

불이 꺼지자 사무실 안에는 어둠이 스며들었다.

도대체 어떤 놈들이지?

지금 현율 실업을 습격할 놈들은 없다고 해도 과언이 아니었다.

강남은 현율 실업에 의해서 통일이 되었다. 다른 지역 조직들이 눈이 벌겋게 되어 강남 입성을 노리지만, 현율 실업이 있는 한 마음대로 되지 않았다.

그렇다면 상준이 이놈인가.

끝까지 발악을 하는 놈이다. 이 악질만은 반드시 잡고 말 테다.

그는 귀를 기울였다.

놈들이 올라오는 소리가 들렸다.

이곳에 남아 있는 간부는 이기동 한 명뿐이었다.

그 말은 밑에 있던 다른 직원들이 모두 당했다는 소리였 다.

두 명을 빼고는 H—시큐리티 직원들.

그들이 당했다면 사업상 큰 피해를 볼 수밖에 없었다.

기동은 문 옆에 등을 대고 아령을 움켜쥐었다.

끼익—

문이 열렸다.

모자를 쓴 한 사내가 안으로 들어섰다.

잠시 기다린다.

네 명의 사내들이 더 사무실 안으로 들어섰다.

기동은 망설이지 않고 그의 머리통을 향해서 아령을 내려 쳤다.

쾅!

소리와 함께 사내가 풀썩 쓰러졌다.

아령은 쇠로 되어 있다.

무게도 상당하다.

이것으로 내려찍는다는 것은 상대를 제압한다기보다 죽이 려는 데 의도가 있었다.

사내들은 아직 어둠에 눈이 익숙하지 않은지 '뭐야!'를 외칠 뿐이었다.

기동의 엄청난 거구가 그들 사이로 뛰어들어 연속으로 아령을 휘둘렀다.

쾅! 쾅! 쾅! 쾅!

놈들의 얼굴이 깨진다.

그들의 피와 부러진 이빨이 튀어서 기동의 옷을 적셨다.

충격이 무척이나 컸는지 제대로 일어서는 자들은 한 명도 없었다.

기동은 쓰러져 있던 사내들의 머리통에 다시 한 번 아령을 내려찍었다.

뭔가가 움푹움푹 꺼지는 것이 손끝에 느껴졌다.

죄책감은 들지 않았다.

그의 마음속에는 분노로 가득하다. 예전에 기현과 술을 마실 때 도수에 대한 이야기를 들은 적이 있었다.

자세한 내용은 아니지만 억울한 누명을 쓰고 어머니와 동생을 잃고는 교도소에서 10년을 보냈다고 한다.

그중에 한 명이 바로 상준이었다.

기동이 생각하기에 상준은 죽어도 싼 인물이다. 그런 놈이 현율 실업을 노렸다.

반드시 놈의 목줄을 따서 도수 앞에 받칠 것이다.

10여 명의 사내들이 다시 나타났다. 그들은 사무실 안으로 우르르 몰려 들어왔다.

누군가 사무실의 불을 켰다. 불이 켜지자 서로의 얼굴이 확연하게 보였다.

"허, 이런 좆만 한 새끼들. 어디 할 짓이 없어서."

어두워서 안 보일 때는 몰랐는데 지금 사내들의 얼굴을 보자 기동은 헛웃음을 짓고 말았다.

겨우 10대 후반에서 20대 초반의 어린아이들. 키도 덜 자란 놈도 보였다.

아직 부모의 우산 밑에서 공부나 하고 있어야 할 놈들이 청부 살인이라니.

기가 막혔다.

"지랄하고 자빠졌네. 어이, 돼지 새끼야. 넌 나이 많아서 좋겠다."

한 어린 양아치가 굉장한 살기를 보이며 이죽거렸다.

가만, 그러고 보니 고기만을 죽인 놈들도 10대라고 하지 않았던가.

10대 살인 청부업자들을 부리는 놈.

피현득이었다.

덩치가 크고 뚱뚱하지만 머리 회전이 나쁘지 않은 기동이었다.

그는 대번에 상황을 눈치챘다. 상준이라는 개자식이 피현득과 붙어먹었다.

"그래, 잘됐구마. 이참에 상준이 새끼와 피현득이 이 두 놈 모두 잡아 버리면 되겠네."

"큭큭큭, 과연 그게 네 말대로 될까."

정장을 입은 두 사내가 나타났다. 한 놈은 사진으로 질리게 본 상준이었다.

그리고 옆에 있는 놈은 보통 키에, 보통 덩치, 평범한 얼굴을 하고 있었다.

기동은 상준이 보다는 그에게 눈이 갔다.

"니놈이 피현득이노?"

"그런데."

피현득은 무표정하게 대답했다.

놈의 눈빛이 너무 무심해서 섬뜩함마저 감돌았다.

이제껏 온갖 고된 일은 다 겪었지만 저런 눈빛을 한 사람은 만나 보지 못했다.

냉정한 눈빛도, 살벌한 눈빛도, 살기가 어린 눈빛도, 두려움이 가득한 눈빛도, 공포를 느끼는 눈빛도 그 어떤 눈빛도 아니었다.

마치 미지의 생물을 보고 있는 듯했다.

"니 지금 어린애들 데려다가 살인 시키는 기고?"

"그런데."

"이런 호로 새끼를 봤나. 할 짓이 없어서 저런 어린애들한테 칼을 쥐어 줘!"

"웃기는 놈이군. 그건 너희 조폭들도 마찬가지 아닌가. 어린애들한테 허파에 바람차게 한 후에 총알받이로 내세우는 것."

"우리는 그런 개새끼들이 아니야!"

"내가 보기에 너희 조직이나 다른 조직이나 다 똑같아. 그나마 난 양심적이지. 한 놈 잡을 때마다 두둑한 보너스라도 주니까."

"살아 있을 가치가 없는 놈이구마."

"웃기는군. 너와 나 사이에 논쟁이란 불필요해. 그러니까 이만 가 줬으면 좋겠군. 곱게 포장해서 도수 앞에 놓아 줄게."

"큭큭큭. 도수 새끼. 지금쯤 눈이 뒤집혀서 이쪽으로 달려오고 있을걸? 니 뒤진 모습 보고 얼마나 눈깔이 돌아갈지 생각만 해도 속이 시원하군."

상수가 옆에서 끼어들며 웃었다.

"헛소리 하고 앉아 있네. 니들 여기서 한 놈도 살아 돌아가지 못할 줄 알기라."

기동은 정면에 있던 두 양아치의 면상을 아령으로 후려쳤다.

갑작스러운 공격에 그들의 얼굴이 깨지며 옆으로 돌아갔다.

앞이 트이자 기동은 곧바로 피현득을 노렸다.

피현득과 기동의 눈이 마주쳤다.

그는 전혀 당황하지 않았다. 아니, 오히려 입술을 비틀며 비웃음을 흘리고 있었다.

왜?

그 이유는 바로 알 수가 있었다.

어느새 다가온 다른 양아치들의 칼이 그의 옆구리를 가르고 있었기 때문이다. 두 개의 칼이 옆구리를 찢었다.

아, 실수다.

기동은 자신의 어리석음을 탓했다.

저렇게 치밀한 놈이라면 호위를 하는 놈도 분명히 있었을 텐데.

두 자식만 정장을 입고 있어 나머지는 모두 어린아이들인 줄 알았다.

양아치로 분한 놈들 중에 경호원들이 있었을 줄이야.

푸욱!

눈매가 무척이나 날카로운 사내가 기동의 복부를 찔렀다. 칼을 꽂은 채 몸으로 밀고 들어왔다.

기동은 연신 뒤로 물러날 수밖에 없었다.

그의 등이 유리창이 있는 곳에 닿았다.

"비, 빌어먹을."

기동은 양손으로 깍지를 끼고 들어서 사내의 등을 내려쳤다.

꽝!

사내의 무릎이 꺾였다.

다시 한 번 내려치자 그는 그대로 코를 박고 바닥에 쓰러졌다.

"크흑."

정신이 아찔해진다.

기동은 숨을 거칠게 내쉬었다. 배에 꽂힌 칼의 손잡이를 잡았다.

조금만 흔들어도 미칠 듯한 고통이 밀려왔다.

"으으으흑."

그는 한 번에 칼을 빼냈다. 칼이 빠짐과 동시에 엄청난 양의 피가 앞으로 튀어 나갔다.

"하아, 하아, 하아아아."

기동의 거친 숨이 조금씩 옅어졌다. 그는 거구가 천천히 주저앉았다.

그러고는 눈을 감고 말았다.

"돼지 새끼 주제에."

그런 기동을 보며 상준은 비웃음을 흘렸다.

뚜벅뚜벅.

피현득이 쓰러진 기동을 향해서 걸어왔다.

그리고 구식 핸드폰 하나를 꺼내서 그의 배 위에 던져 놓았다.

"이건 도영이 형에게 주는 선물이야."

다섯 대의 차량이 현율 실업 건물 앞에서 멈춰 섰다.

얼마나 급하게 브레이크를 밟았는지 하마터면 건물 외벽에 부딪칠 뻔했다.

건물 앞에서는 10여 대의 119차량이 줄지어 서 있었다.

무슨 일이 벌어졌는지 짐작이 간다.

스무 명의 사내들이 차량에서 내려 건물 안으로 뛰어 들어갔다.

예상대로 현율 실업 본사 내부는 난장판이었다.

입구에서부터 경비를 서던 직원들의 피가 홍건하다.

경비를 서던 직원들이 119 구조대원들에게 실려 나가고 있었다.

1층과 2층으로 나눠져 있던 H―시큐리티 본 사는 마비가 되었다.

대기 중이던 8명의 출동 대원들과, 여섯 명의 관제 요원들이 당했다.

그들이 없으니 출동 중이던 대원들에게 연락을 할 사람이 없었고, 고객들의 전화도 받을 수가 없었다. 1층과 2층은 사람들로 북적거렸다.

모두 쓰러진 대원들을 구급차에 옮겨 싣는 119구조대원들이었다.

"기현아."

"네, 회장님."

"사태 수습해. 나는 윗층을 확인하겠다."

"알겠습니다."

기현은 군말 없이 고개를 끄덕였다.

도수가 움직이자 리영춘도 따라 움직였다.

도수도 도수지만, 가장 큰 고통을 겪고 있는 사람은 리영춘이었다.

그의 형제와 같은 동료들이 모두 피현득으로 인해서 목숨을 잃었다.

입을 열지는 않지만, 억장이 무너지는 가슴을 억지로 참고 있을 것이다.

윗층에도 조용하다.

하지만 분위기가 좋지 않았다. 사무실 문 한편이 열려 있었다.

도수는 그곳을 향해서 걸어갔다.

리영춘은 칼을 빼내 든다. 사무실에 들어가자 엄청난 양의 피가 바닥을 가득 적시고 있었다.

한 명의 피가 아니었다.

그러나 쓰러진 자는 한 명이었다.

"기동아!"

도수가 기동을 불렀다.

기동은 대답하지 않았다.

도수가 급히 달려갔지만 쉽사리 움직일 수가 없었다.

기동의 배에서 아직도 피가 흘러나왔다. 그는 떨리는 손으로 기동의 코에 손가락을 대 보았다.

얕은 숨을 쉰다.

아직은 살아 있다. 아니, 아직 살아 있는 것이 기적이다.

"빨리, 빨리 119 불러!"

도수가 소리쳤다.

고개를 끄덕인 빠르게 뛰어서 1층으로 내려갔다.

위이이이잉—

전화기가 울렸다.

피에 묻혀 있어 몰랐지만, 전화기는 기동의 배 위에 올려 있었다.

도수는 치밀어 오르는 화를 참으며 전화기를 들었다.

—어이, 마도수. 나야, 니 동생 친구. 어때? 니 쫄다구 뒈져 버린 걸 두 눈으로 보는 게.

"너는 내 손으로 반드시 죽인다……."

—오우, 무셔라. 뜻대로 한번 해 봐. 아, 그리고 말이야. 나는 아직 끝나지 않았다고. 큭큭큭.

"무슨 소리냐."

—무슨 소리긴. 아직 니한테 중요한 사람들이 많이 남아 있잖아. 한 놈씩 모조리 죽여 주려고 그런다. 왜!

"나랑 해결을 봐!"

—싫은데? 나 한 번 잡아 봐라. 이 개새끼야.

상준은 다시 전화를 끊었다.

도수는 미칠 것만 같은 분노를 느꼈다. 하지만 지금은 생각해야 한다.

놈이 노리는 사람이 누구인지.

설마…… 유정이?

도수는 자신도 모르게 손아귀에 힘을 주었다. 절대로 부서지지 않을 것 같은 구식 핸드폰이 완력에 의해서 우그러지고 말았다.

　도수의 마음이 급해진다.

　그는 떨리는 손으로 핸드폰을 꺼내 유정에게 전화를 걸었
다.

8.

도수의 분노

CITY
WILD BEAS

습격을 받은 것은 유정이 아니었다.

양평에서 아내와 찻집을 운영하고 있던 민태였다. 민태는 조직 세계를 떠났다.

아내와 함께 자식들을 키우며 소소하게 살아가는 것이 낙인 사람이었다.

단지 도수와 친하다는 이유만으로 그런 사람까지 건드렸다.

놈들은 아내가 함께 있을 때 민태를 습격했다고 한다.

무려 여덟 명이 갑자니 나타나서 다짜고짜 배에 칼침을 놓았다.

설마 했던 민태는 속수무책으로 당하고 말았다.

세 번이나 배를 찔리고도 살아남은 것은 운이 무척 좋았다고밖에 할 수 없었다.

도수는 수술을 마치고 안정을 취하고 있는 민태의 병실을 찾았다.

병실 문밖에는 절대 안정이라는 푯말이 붙어 있었다. 도수가 노크를 하고 들어서자 민태의 아내인 소희가 문을 열고 나왔다.

도수와 기현은 그녀를 향해서 정중하게 고개를 숙였다.

"안녕하셨습니까, 형수님."

"제가 안녕할 것 같은가요?"

소희에 말에는 가시가 돋아 있었다. 그녀의 입장에서는 당연할 것이다.

다시는 과거와 같은 일을 겪지 않을 것이라 여겼다.

다른 사람들에게 피해도 주지 않고, 나름 봉사도 하며 최선을 다해서 살았다.

하지만 또다시 그런 일이 벌어졌다.

이번에도 죽지 않은 것이 다행이었다.

놈들이 민태를 습격할 이유는 하나밖에 없었다.

도수과 누군가와 또다시 항쟁에 휘말린 것. 그리고 그 여파로 민태에게 피해가 왔다는 것.

그것 말고는 다른 이유를 설명할 수가 없었다.

당연히 그녀의 입에서 부드러운 말이 나오지 않았다.

아무리 친한 사이라고 하더라도 그들은 남이니까.

"정말로 죄송합니다. 드릴 말씀이 없습니다."

"후⋯⋯."

소희는 길게 한숨을 내쉬었다.

"들어가 보세요."

도수는 문을 열고 병실 안으로 들어갔다. 민태는 TV에서 하는 개그 프로를 보며 낄낄 거리고 있었다.

큰 수술을 받아서인지 안색은 좋지 않았다.

"형님, 저 왔습니다."

"저도 왔습니다."

도수와 기현이 그를 보며 인사했다.

민태는 그들을 보며 손을 들고는 '어, 왔어?' 라고 말했다.

선천적인 활발함인지 아니면 후배 앞에서 굴욕적인 모습을 보여 주고 싶지 않은 자존심인지는 모르지만 일단 겉모습은 그런대로 괜찮아 보였다.

"앉아, 앉아."

"괜찮습니다."

기현은 들고 온 음료수를 냉장고 안에 챙겨 넣었다.

"괜찮으십니까?"

도수가 물었다.

"괜찮을 리가 있나. 자그마치 세 방이나 배에 꽂혔는데. 놈들이 전문적인 살수였다면 죽었을 거야."

"어린아이들입니까?"

"맞아. 도대체 동생은 누구와 항쟁을 벌이고 있는 거야.

내 참, 기가 막혀서. 겨우 10대 후반의 놈들이 내 배에 칼을 꽂더라고. 웃긴 건 전혀 망설임이 없었다는 거야. 어린 놈들의 새끼들이 무척이나 잔인해."

"죄송합니다."

"여느 깡패 새끼들은 분명히 아니야, 누구야?"

"놈들은……."

도수는 자신이 알고 있는 상황에 대해서 이야기를 해 주었다.

너무도 꼬이고 꼬인 인물 관계였지만, 한 조직을 이끌었던 우두머리답게 어렵지 않게 상황을 이해했다.

도수의 말을 들으며 민태의 표정은 내내 어두웠다.

"그러니까 종민과 상준이라는 놈의 접점에 피현득이라는 자가 있다는 거지?"

"네."

"놈은 장기 매매업자고."

"그렇습니다."

"신기하군. 보통 장기 매매업자들은 점조직이야. 하수인들은 서로가 서로를 알지 못하지. 그리고 가장 윗대가리들은 절대 자신의 정체를 드러내지 않아. 당연히 사채업자나 조폭들과는 연관 관계가 많지 않지."

"그것을 알아낼 생각입니다. 저희가 모르는 뭔가가 분명히 있습니다."

"도수야."

"네, 형님."

"만약 놈들이 여기서 그만둔다면 너도 그만둬라."

"네?"

도수는 고개를 갸웃거렸다.

그들은 현율 실업에 엄청난 타격을 입혔다.

더군다나 민태도 당했고, 기동은 중상이었다.

간신히 목숨은 붙었지만, 최소 삼 개월 이상은 병원 신세를 져야 했다.

그런데 그만두라니?

"나는 말이야. 동생이 말한 피현득이라는 자를 봤다. 동생은 본 적 있나?"

"보지 못했습니다."

"내가 그리 오래 살아오지는 않았지만 남들만큼의 경험은 있다고 자부하네. 하지만 그 사내를 본 순간 나도 모르게 온몸이 움츠러들고 말았어. 놈은 평범한 사람들과는 근본적으로 다르다고 느꼈어."

"예상은 하고 있습니다."

도수는 놈이 저지른 만행을 떠올렸다.

김봉남과 리광죽의 훼손된 사체는 영원히 기억 속에 남아 있을 것이다.

피현득과 상준에 대한 적개심을 간직한 채.

"동생을 못 믿는 것은 아니야. 나는 자네만큼 강한 자를 본 적이 없어. 하지만 상성이라는 것이 있지. 그는 내가 본

자 중에서 가장 미친놈이네. 인성도, 인격도, 예의도, 감정도, 사회성도 없는 놈일세. 놈은…… 악마야."

"걱정하시는 이유는 알겠습니다. 하지만 놈들을 저는 용서할 수 없습니다."

"후, 그런가. 하긴 동생 입장에서는 그럴 테지. 하지만 명심하게 조심, 또 조심하게나. 동생은 이제까지 어떤 상황에서도 꺾이지 않았어. 그러나 놈은 동생의 머리 꼭대기 위에서 놀고 있네. 서울에서 아니, 대한민국에서 가장 위험한 자일세. 내가 무슨 뜻으로 얘기하는지 알겠나?"

"예, 명심하겠습니다."

도수는 고개를 끄덕였다.

그는 피현득이라는 자를 만나 본 적이 없었다.

유령이라고 불린다는 것과 장기 매매업자라는 것, 그리고 살인에 미친 개 사이코라는 것만 안다.

하지만 민태는 그를 직접 봤다.

민태가 누구인가.

단신으로 서울에 상경하여 짧은 시간 강남 3대 조직의 보스가 된 사내였다.

주먹도 주먹이지만, 머리 회전도 빠르고, 인망도 무척이나 좋은 사내였다.

그런 사내가 피현득이라는 자에 대해서 겁을 먹었다.

보이지 않는 상대는 무척이나 불길하게 다가왔다.

"꼭일세. 절대 경거망동하지 말아. 동생, 살다 보면 수많은 위기가 찾아오지. 나도 그랬어. 그러나 이번만큼 위화감을 느껴 본 적이 없어."

도수는 고개를 끄덕였다.

그 역시 상당한 위화감을 느끼고 있었다.

인간의 상식을 벗어난 그자라면 어떤 식으로 자신을 압박해 올지 알 수가 없었다.

*　　*　　*

도수는 기동이 입원해 있는 병원을 들러 본 후 김포공항으로 향했다.

다행히도 기동은 회복세에 있었다.

하지만 상처가 심해서 아직 병문안은 허락되지 않았다.

그는 기동의 여자 친구인 미자를 만나서 위로의 말은 전하고는 발길을 돌렸다.

김포공항에 도착해서 리영춘을 찾았다.

그는 연변으로 가는 비행기를 타기 위해 의자에 앉아 대기를 하고 있는 중이었다.

"리 팀장."

도수가 리영춘을 불렀다.

정장을 깨끗하게 차려입고 땅을 보며 앉아 있던 리영춘은 자신을 부르는 소리에 퍼뜩 상념이 깨어 고개를 들었다.

그는 일어나서 도수가 있는 곳으로 빠르게 다가왔다.

"회장님, 어찌 여기까지."

"리 팀장이 가는데, 와 봐야지."

도수는 손을 내밀어 리영춘의 어깨를 두드려 주었다.

상준과 피현득의 습격으로 가장 큰 피해를 본 사람은 도수의 경호를 맡았던 그들이다.

네 명 중 살아남은 사람은 리영춘 혼자뿐이었다.

넷 모두 15년을 넘게 생사를 같이 했다고 하니, 그 끈끈함이란 이루 말을 할 수 없을 것이다.

그런 동료들이 무참하게 죽었다.

리영춘의 입장에서는 하늘이 무너진 심정이었다.

"감사합네다, 정말로."

그는 목이 메었다.

죽은 동료들이 생각나는지 눈물이 뚝뚝 떨어졌다. 리영춘에게 한국에서 믿을 사람은 도수뿐이었다.

그를 보호하는 것은 비록 위험한 일이었지만, 한 번도 후회해 본 적이 없었다.

그만큼 도수는 그들에게 최선을 다해서 성의를 보였다.

사람은 자신을 알아봐 주는 사람을 위해서 목숨을 건다고 한다.

동료들도 웃으면서 갔을 것이라 리영춘은 믿었다.

하지만 보고 싶은 것은 어쩔 수가 없었다.

도수가 리영춘에게 해 줄 수 있는 일은 아무것도 없었다. 죽은 사람을 살려 낼 수는 없는 노릇이니까.

회사에서 고기만과 김봉남, 리광죽의 장례를 모두 책임져 주었다.

그뿐만이 아니었다. 도수는 자신의 사비를 털어서 그들의 가족에게 보내 주었다.

모르긴 몰라도 남은 가족들만큼은 평생 밥을 굶지는 않을 것이다.

그렇게 해 줘도 미안한 마음은 사라지지 않았다.

리영춘은 세 명의 유골함을 들고 연변으로 가겠다고 말했다.

최소한 그들의 가족들에게 자신이 이 사실을 전해 줘야 한다고 생각했다.

도수는 말리지 않았다. 이해도 했다.

상황이 급박하다고 하더라도 리영춘을 붙잡아 싸우라고 하는 것은 인륜에 어긋났다.

형제와 다름없던 아니, 어쩌면 형제보다 더 큰 피보다 진한 우정을 나눴던 지기의 죽음은 그에게도 큰 충격이었을 테니까.

"회장님, 죄송합네다. 가장 힘들 때 자리를 비우게 돼서."

한참을 흐느끼던 리영춘의 울음이 멈췄다.

그는 숨을 고른 후 도수를 향해서 담담하게 말했다.

"아니야. 그나저나 리 팀장도 몸을 추슬러야 할 텐데."

그는 동료들이 죽고 나서 며칠간 먹지도, 자지도 못했다.

얼굴이 말이 아니다.

"죽은 사람보다는 산 사람이 낫지요."

"그래. 힘을 내도록 해. 자네만큼은 끝까지 살아남아야 하지 않겠나."

"신경 써 주셔서 감사합네다."

도수는 리영춘에게 손을 내밀었다.

리영친이 양손을 내밀어 도수의 손을 잡았다.

"기만이와 봉남이, 광죽이를 편히 보내 주도록 해. 여기 일은 걱정하지 말고."

"감사합네다. 그들도 회장님을 지키다 그렇게 됐으니 마음은 편할 깁네다."

"살아 있는 자는 죽은 사람의 삶까지 짊어지는 법이지. 앞으로 자네의 어깨가 무거워질 거야."

"명심하겠습네다."

"몸조심 갔다 오게."

고개를 끄덕인 리영춘이 이기현에게 차례로 인사를 한 후 게이트 안으로 들어갔다.

도수는 그런 리영춘의 축 쳐진 어깨를 문이 닫힐 때까지 지켜보고 있었다.

리영춘은 곧 돌아올 것이다.

도수는 그렇게 믿어 의심치 않는다.

그리고 그는 예전과는 많이 달라져 있을 가능성이 높았다.

상처 입은 맹수처럼 사나운 것은 없으니까.

*　　*　　*

상준과 피현득이 또다시 사라졌다.

도수는 가동 인원을 총동원하여 그들을 찾았지만 머리카
락 하나 찾을 수가 없었다.

마음이 급해졌다.

예전에도 숨은 상준을 찾지 못했다.

이번에도 그럴 가능성이 높았다.

외국으로 도피는 하지 않았을 것이다. 놈들은 자신의 목
숨을 노리고 있으니까.

그들의 최종 목적은 도수의 목숨이었다.

목숨이 아까운 것은 아니었다. 그 와중에 수많은 수하들
이 큰 해를 입을까 그것이 안타까운 것이다.

답답한 마음에 도수는 조형은과 이영옥을 찾았다.

그들은 손자를 보는 마음으로 반갑게 도수를 맞아 주었
다.

도수와 기현이 앉고 맞은편에 조형은이 앉았다. 이영옥은
차를 준비했다.

"분위기가 조금 바뀐 것 같습니다."

도수는 주위를 돌아보며 말했다.

"응, 눈치챘는가. 후후후."

조형은은 사람 좋은 미소를 지었다.

저런 웃음을 지을 때면 개구쟁이 같다고 느껴졌다.

한때 전국을 뒤집었던 대조직의 수장이었다는 것이 믿기지가 않았다.

"내가 요즘 목수 일을 조금 하거든."

"목수요?"

"그래. 자, 이 탁자. 예전과 조금 다르지?"

도수와 기현은 탁자를 살폈다.

예전에는 곡선이 아름다운 탁자였다면, 지금은 상당히 투박했다. 그렇다고 못 만들었다는 소리는 아니었다.

아마추어가 만들었다고 해야 하나.

약간은 어설픈 솜씨가 남아 있었다.

"직접 만드신 겁니까? 괜찮군요."

"허허, 그렇지? 이것뿐만 아니라 부엌의 식탁도 내가 만들었지."

조형은은 들떠서 말했다.

"어이구, 이런 우리 영감이 요즘 이거 만드는 재미에 살아요. 오는 손님들마다 자랑을 하느라고 정신이 없어요."

이영옥은 각자의 앞에 찻잔을 내려놓으며 빙그레 웃었다.

"대단하십니다. 아직도 저렇게 활기차게 일을 할 수가 있다니."

도수와 기현은 진심으로 감탄했다.

"천성이 시끄러운 것을 좋아해서 그래요. 그래도 느지막이 다행이죠. 자신이 좋아하는 것을 찾았으니."

"허허허. 그런가? 아참, 그런데 자네들 이 더운 여름날에 무슨 일인가. 얼굴 보니 그리 기쁜 소식을 가져온 것은 아닌 것 같고."

"그냥요. 그냥 어르신들 보면 마음이라도 편해지지 않을까 해서 한번 들렀습니다."

"그게 아닌데. 나도 듣는 소리가 있거든. 자네가 찾아오기 전까지는 아무 말 않으려고 했지만, 이렇게 왔으니 한번 얘기해 보게."

조형은은 찻잔에 잠긴 차를 홀짝 거리며 마셨다. 그의 안광이 형형하게 빛을 냈다.

사람의 마음을 뚫어 보는 눈빛이었다.

역시 이 어르신들을 속이기란 쉽지가 않았다. 더군다나 대충 사건의 전말을 알고 있는 듯하다.

"하아."

한숨을 내쉰 도수는 그동안 겪었던 일을 요약해서 이야기를 해 주었다.

상당한 어두운 이야기였다.

그러나 조형은과 이영옥의 표정은 그다지 변하는 것이 없었다.

역시 삶에 대한 무게를 벗어 낸 초로의 노인들은 도수보다 훨씬 뛰어난 가슴을 가지고 있었다.

"피현득이라고 했나요?"

가만히 듣고 있던 이영옥이 입을 열었다.

"네, 맞습니다."

"그 아이…… 회장님께 원한을 가지고 있는 것 같네요."

"그럴 리는 없습니다. 그의 얼굴을 직접 본 적은 없지만, 피현득이라는 인물에 대해서 저는 모릅니다. 상준이 저에게 원한을 가지고 있으면 있었지 그가 저에게 원한을 가질 리가 없습니다."

"기억을 잘 더듬어 보세요."

이영옥의 말대로 도수는 기억을 더듬어 보았다.

출소 이후일까.

하긴 그 이후 그는 손에 많은 피를 묻혔다.

그렇다고 하더라도 피현득이라는 인물은 기억 속에 없었다.

피현득은 악마와 같은 자다. 그런 자를 모를 리가 없었다.

"잘 모르겠습니다."

도수는 고개를 흔들었다.

"근래가 아닐 수도 있다고 생각되네요."

더 먼 과거?

교도소? 그전?

아무리 생각해도 떠오르지 않았다.

"그것을 알아야 한다고 생각해요. 지금까지의 상황으로 봐서는 그자가 도수 씨에게 악의를 품고 있다고밖에 볼 수 없네요. 근본 원인을 찾아야 사태의 정확한 결말을 알 수 있을 겁니다."

도수는 고개를 끄덕였다.

막연하게 왜 그자가 현율 실업의 일에 끼어들어서 악착같이 살인 행위를 저지르는지 조금은 알 것 같았다.

상준과 피현득은 아는 사이다.

몸을 의탁할 사이라면 꽤나 친하다고 생각해야 할까. 아니면 오래전부터 알고 지냈다고 해야 할까.

어쨌든 그들의 과거를 캐 보는 것도 나쁘지 않을 것이다.

"그런데 놈들이 사라졌다고?"

조형은이 물었다.

"그렇습니다."

"찾을 수 있나?"

"음……."

절로 신음이 흘렀다.

놈들을 찾기가 무척이나 어려웠다. 서울이나 경기도 내에 있을 확률이 높지만 한 명, 한 명씩 모두 찾아다닐 수는 없는 노릇이지 않은가.

"놈들의 수하가 10대로 이뤄져 있다고 했지?"

"네."

"현득이란 놈은 잡기 쉽지 않을 거야. 하지만 그 밑에 놈들이라면 찾을 수 있지 않을까?"

순간 도수의 머릿속에 전등이 팍 하고 켜진 것 같았다.

"그렇군요."

놈들의 조직 구조를 생각해 보았다.

먼저 우두머리인 피현득이 있고, 그의 충실한 수족이 있을 것이다.

그리고 놈들의 의도에 쫓아 움직일 수 있는 병대가 10대 소년들로 이뤄진 칼잡이들이었다.

또한 10대 소년들끼리 나름의 조직이 있다.

일산 공영 주차장에서 습격을 했던 놈들 중에서도 우두머리가 있지 않았던가.

전부는 아니더라도 놈들 중에 한 명은 반드시 피현득과 연락이 된다.

그렇다면 그들을 찾으면 된다.

10대가 갈 곳은 한정되어 있다.

그리고 담이 크기 때문에 자신의 모습을 쉽게 드러낸다. 조심성도 없다.

"조언 정말로 감사드립니다."

도수가 벌떡 일어나 조형은과 이영옥에게 인사를 했다.

"뭔가 보이기 시작했나?"

조형은은 빙그레 웃으며 말했다.

"네, 선배님들의 혜안에 눈이 트이는 것 같습니다."

"그럼 어서 일어나지 않고 뭐들 하는가. 이럴 시간에 자네들 직원들이 큰 해를 당할지도 모르는데."

"알겠습니다. 나중에 찾아뵙겠습니다."

도수와 기현은 조형은과 이영옥에게 인사를 하고는 일어났다.

그들은 곧바로 차를 운전해 현율 실업 본사가 있는 곳으로 향했다.

"양아치들을 잡으실 생각입니까?"

운전대를 잡고 있는 기현이 물었다.

그는 도수와 어르신들이 하는 얘기를 잠자코 듣고 있었다.

영민한 기현이기에 그들이 무슨 말을 하는지 대번에 알아들을 수가 있었다.

타초경사(打草驚蛇), 풀을 두드려 뱀을 튀어나오게 할 생각인 것이다.

"맞아. 꽁꽁 숨은 상준이나 피현득보다는 훨씬 잡기 쉬울 거야."

"알겠습니다. 양아치들이 갈 만한 곳에 직원들을 풀겠습니다."

"그렇게 해. 최대한 빨리 잡아내야 한다. 그렇지 않으면 놈들이 또다시 선수를 칠지도 모르니까."

"네. 이번에는 저희가 갚아 줄 차례입니다."

운전대를 잡고 있던 기현의 눈에서 살벌한 기운이 흘러나왔다.

이번만큼은 놈들 잡아서 똑같이 만들어 줄 생각이다.

놈이 비명을 지르면서 살려 달라고 외쳐도, 산 채로 내장을 갈라 놈의 눈앞에 내던질 것이다.

*　　*　　*

이번 일은 은밀하게 이뤄졌다. 분명 놈들 중에 이곳을 감시하는 자가 있을 것이다.

그들 눈에 걸리면 안 된다.

상준과 피현득을 잡기 위해서 분주하게 움직이지만, 아무런 소득이 없다는 것을 보여 줬다.

하지만 뒤쪽에서는 다른 직원들이 은밀하게 움직였다. 정장을 모두 벗어던지고 평상복을 입은 채 일반인들처럼 행동했다.

도수는 집과 회사만을 왕복했다.

그의 경호는 수태가 맡았다.

본래 했던 일이어서 그런지 어렵지 않게 업무를 시작할 수 있었다.

도수의 눈은 먹이를 노리는 육식동물처럼 냉철하게 가라앉아 있었다.

술도 입에 대지 않는다.

유정과의 관계도 마찬가지였다. 그녀와 통화만 할 뿐, 만나지는 않았다.

아직 그녀가 놈들에게 노출이 되지 않은 것은 확실하다.

하나 놈들이 유정에 대해서 알아차린다면 어떤 식으로 보복이 가해질지 보지 않아도 빤하다.

그녀의 곁에 경호도 붙이지 않았다.

철저하게 모른 척을 한다.

놈들의 숫자는 꽤 된다.

적게는 스무 명 이상 많게는 오십 명까지 될 것이라 여겨졌다.

한꺼번에 몰려다니지는 않겠지만, 10대의 특성상 다섯 명 이상씩은 같이 다닐 것이다.

그들이 혼자서 할 수 있는 것은 아무것도 없었다. 개인 행동을 한다면 무리에서 떨어져 나간다.

10대는 그것을 무척이나 두려워했다.

또한 놈들의 행색은 상당히 눈에 띤다.

반드시 잡힌다.

―위이이잉.

핸드폰이 울렸다.

영업 4부의 경인철 과장이었다.

모든 영업팀은 영업을 멈춘 상태였다.

본래 업무에 충실한 조직은 H―시큐리티와 H―리치, H―엔터테이먼트뿐이었다.

나머지 영업팀은 상준과 피현득을 잡기 위해서 전력을 다하는 중이었다.

"나다."

도수가 전화를 받았다.

─회장님, 저 경인철입니다.

"그래. 말해."

─놈들과 비슷한 놈들은 아는 가출 소녀들을 만났습니다.

"가출 소녀?"

─네, 돈이 있으면 찜질방이나 모텔방을 전전하고, 그렇지 않으면 놀이터에서 노는 무리들입니다.

"그들이 뭐라고 하나?"

─채팅으로 만난 18세 소년들인데 학교는 다니지 않는다고 했습니다. 얼굴에 피어싱을 하고 온몸에 문신이 새겨져 있다고 했습니다.

"그런데."

─의아한 점은 그들의 문신 중에 하나는 똑같다는 것이었다고 합니다. 고스트라고. 또한 그들은 술을 먹자 자신들의 무용담을 자랑스럽게 얘기했다고 했습니다. 사람을 찌를 때 얼마나 짜릿한 줄 아냐고. 또한 보통 그 또래들은 돈이 없기 마련인데 그들은 주머니에 수표를 가득 넣어 다녔다고 합니다.

느낌이 온다.

"그들과 연락이 되나?"

─네, 핸드폰 번호가 남아 있습니다.

"잡아 놓고 있어. 금방 가지."

─알겠습니다.

전화를 끊은 도수는 수태에게 차를 돌리라고 말했다.

그들이 간 곳은 천호동의 한 모텔이었다.

모텔 앞에서는 이미 경인철과 다섯 명의 직원들이 대기를 하고 있었다.

정장을 벗고 캐주얼 옷을 입고 있어 무척이나 낯설었다.

맞지 않은 옷을 입고 있는 느낌이 든다.

도수가 차에서 내리자 경인철과 직원들이 다가와 90도로 인사를 했다.

"오셨습니까, 회장님."

"어디 있지?"

"모텔 안에 있습니다. 아, 모텔 주인에게는 알아듣도록 충분히 얘기를 해 두었습니다."

고개를 끄덕인 도수가 성큼성큼 걸었다. 직원 한 명이 앞장서서 도수를 안내했다.

가출 여학생들은 모텔 최상층에 있었다.

혹여 도주할 것을 우려해 일부러 그런 곳에 가둔 모양이다.

도수는 문을 열고 들어갔다.

안에 세 명의 여학생들이 보였다. 옆에는 두 명의 직원들이 의자와 침대 위에 앉아 있었다. 그들은 도수를 보자 90도로 인사를 했다.

"나가 있어."

"알겠습니다."

직원들은 재빠르게 문을 닫고 나갔다.

도수는 의자를 가지고 와 그 위에 앉았다.

거대한 도수가 앞에 앉아 소녀들은 무척이나 겁을 먹은 눈빛으로 오들오들 떨었다.

"몇 살이냐?"

도수가 물었다.

"여, 열일곱이요."

세 명 중의 한 소녀가 떨리는 목소리로 말했다.

도수는 그녀들을 훑어보았다. 겨우 17살인데 옷차림은 그렇지 않았다.

팬티까지 보이는 짧은 치마와 핫팬츠, 진한 화장은 최소 스무 살은 넘어 보이게 했다.

"이름은?"

"송희예요."

"찬미예요."

"정미예요."

"좋아. 송희, 찬미, 정미. 너희가 솔직하게 말을 한다면 조금의 위해도 가하지 않겠다. 하지만 조금이라도 거짓말을 한다면 다시는 해를 보지 못하게 할 수도 있다. 알았나?"

소녀들은 고개를 위아래로 끄덕였다.

"좋아. 그들이 어떻게 말했는지 토씨 하나 빼놓지 말고 말을 해 봐."

소녀들 중에 송희라는 아이가 입을 열었다.

"저희는 핸드폰으로 랜덤 채팅을 했어요. 그중에 한 남자가 사진을 보내 주면서 말을 걸었죠. 나이는 18세. 이름은 강찬혁이라고 했어요. 꽤 잘생기기도 하고, 재미있기도 해서 그들과 만났어요. 1차로 소주방을 갔고, 2차로 노래방을 갔어요. 그리고 마지막으로 모텔로 왔죠. 우리는 많이 취해 있었어요. 강찬혁과 다른 오빠들도 마찬가지였고요. 그 오빠들은 마약도 가지고 있었죠."

"마약?"

"네, 신형 엑스터시라고 하던데……."

오산에서 상당량의 마약들이 발견됐다. 놈들에게서 마약이 있는 것은 어찌 보면 당연했다.

"계속해."

"약에 취한 그 오빠들은 자신들이 누구인지 자랑스럽게 얘기했어요. 자신들은 누구도 죽일 수 있는 사람들이라고. 한 오빠는 세 명까지 죽여 봤다고 얘기했죠. 사람을 죽이거나 잡아 오면 엄청난 금액을 준다고도 했어요. 사실 믿지는 않지만, 분위기가 너무 무서웠어요. 눈빛도 그렇고요. 저희가 만난 다른 사람들과는 많이 달랐어요."

"놈들의 보스라는 자의 이름을 들어 봤나?"

"아니오. 아, 유령이라는 단어가 몇 개 나오기는 했어요."

도수는 입술 한쪽 끝을 비틀었다.

잡았다.

"그들과 연락을 가능하다고 했지?"

"그건 잘 모르겠어요. 그날 이후로 그 오빠들한테 연락을 하지 않았거든요. 무섭기도 하고요."

"연락해. 알아서 이쪽으로 오게 만들어."

"네? 저기……."

소녀들은 망설였다.

눈앞에 있는 사내들도 무서웠지만, 그 오빠들도 무서웠다. 생각 같아서는 당장 이곳을 뛰쳐나가 집으로 돌아가고 싶었다.

"그들만 이쪽으로 부르면 곱게 내보내 주지."

"저, 정말인가요?"

"약속하마. 대신 그들이 오지 않거나, 내가 원하는 행동을 하지 않는다면 나도 내가 어떻게 변할지 알 수 없다."

도수의 눈빛이 변했다.

그의 눈빛이 변한 것만으로 방 안의 공기가 무겁게 가라앉았다.

그것을 느낀 소녀들은 더운 여름인데도 부들부들 떨어야만 했다.

"하, 할게요. 그 오빠들을 부를게요."

소녀들이 이구동성으로 말했다.

"좋아. 걸어."

도수는 턱으로 핸드폰을 가리켰다.

송희라는 소녀가 핸드폰을 들었다. 이들 셋 중에 우두머리가 송희라는 아이인 듯했다.

그녀는 핸드폰 번호를 위에서부터 아래로 내렸다. 그러고 강찬혁이라는 이름을 찾은 후 통화 버튼을 눌렀다.

잠시 후 '여보세요'라는 변성기의 목소리가 들려왔다.

9.

미드나이트 인 서울

CITY
WILD BEAS

강찬혁과 네 명의 친구들은 오늘도 밤거리를 헤매고 있었다.

　돈은 두둑하다.

　몇 날 며칠을 실컷 놀고먹어도 돈은 충분하게 남아 있었다.

　돈이 다 떨어진다고 하더라도 상관없었다.

　그에게는 끊임없이 욕구를 채워 주는 유령의 자금이 있으니까.

　"아함, 오늘은 뭐하고 노나. 매일 술 지겹다."

　한 친구가 늘어지게 기지개를 펴며 말했다.

　"클럽이나 갈까?"

　"클럽?"

"그래. 여자나 꼬셔서 재미나 보자."

"그럴까."

굳이 할 것도 없었다.

그러나 여자가 있는 것과 없는 것은 달랐다.

그때였다. 전화 한 통이 걸려 왔다. 모르는 번호였다.

강찬혁은 전화를 받았다.

"여보세요?"

―오빠, 저예요, 송희. 뭐해요?

송희? 누구였지?

기억이 나지 않는다.

그는 핸드폰을 손으로 막은 채 친구들에게 물었다.

"송희가 누구지?"

"송희? 아, 저번에 있잖아. 채팅해서 만난 애들. 예쁘장했잖아."

"아, 맞다."

이제 기억이 난다는 듯 강찬혁은 고개를 끄덕이고는 다시 핸드폰을 귀에 가져다 댔다.

"오우, 송희야. 어쩐 일이야. 오빠 보고 싶어서 전화했어?"

―그냥요. 심심하기도 하고.

"그래? 잘됐네. 우리도 심심했는데. 같이 놀까."

―그래도 되고요, 어딘데요?

"우리는 건대 입구. 너희는?"

─저희는 천호동이요.

"그래? 우리가 갈까?

─그럴래요? 저희 모텔 잡고 놀고 있는데. 일루 오실 수 있어요?

"그럼, 당연하지. 어디 모텔인지 찍어 줘. 그쪽으로 금방 갈 테니까.

─네, 그럼 오셔서 전화주세요.

전화를 끊은 강찬혁은 쾌재를 불렀다.

그는 아랫도리를 흔들며 친구들에게 말했다.

"아, 씨발, 이년들 모텔 잡아 놓고 있으니까 오란다. 저번에 했던 맛을 못 잊는 것 같은데?"

"진짜?"

"야, 가자, 가자. 어차피 할 것도 없었는데 빠구리나 뜨자. 아, 씨발, 동영상도 함 찍어 봐?"

"그거 괜찮겠는데. 팔리려나."

"알게 뭐야. 그냥 확 뿌려 버리지. 반응이 어떤가."

"큭큭큭, 그거 재밌겠다."

그들은 택시를 잡은 후 천호동으로 향했다.

도수는 모텔 방 한쪽 구석에서 의자에 앉아 기다리고 있었다.

그가 아무런 말을 하지 않자 소녀들도 한마디 하지 못했다.

모텔 1층과 뒷문에도 직원들이 대기를 하고 있었다. 모텔 주인만이 눈알을 데굴데굴 굴리는 채 혹시 자신에게 피해가 오지 않을까 걱정하는 표정이었다.

경인철은 모텔 주인을 안심시켰다.

강찬혁과 친구들이 나타났다.

그들은 시끄럽게 소란을 피우며 택시에서 내렸다. 택시 문을 발로 차는 만행까지 저질렀다.

택시 운전사는 그들에게 아무런 말을 하지 않고 곧바로 택시를 출발시켰다.

아무래도 그들과 더 이상 엮이고 싶은 마음은 없는 모양이었다.

"야, 여기지?"

"오케바리. 가자!"

강찬혁과 소년들이 모텔 들어가면서 송희에게 다 왔으니 문을 열어 놓으라고 전화를 걸었다.

문밖까지 요란한 소리가 들린다. 주위에 대한 신경은 전혀 쓰지 않는 모습이다.

덜컹.

문이 열렸다.

"송희야! 오빠들 왔다!"

강찬혁은 문을 열며 크게 소리쳤다.

그들의 눈에 얌전하게 앉아 있는 소녀들이 보였다.

소녀들을 보자 그들의 눈빛에서 금방 성적 욕구가 떠올랐다.

그들은 서둘러 신발을 벗고 모텔 방 안으로 들어섰다.

안에 들어선 양아치들이 멈칫했다.

전혀 예상하지 못한 거구의 사내가 우두커니 서 있었기 때문이다.

"뭐야, 이 새끼는!"

강찬혁이 송희를 보며 물었다. 송희는 그의 얼굴을 외면했다.

그 순간이었다.

도수가 강찬혁의 머리채를 움켜잡았다.

"악, 이 새끼! 뭐야! 이거 놔, 이거 안 놔!"

뿌드득.

도수는 손아귀에 힘을 주었다. 머리카락이 통째로 뜯겨져 나간다.

뜯겨져 나간 피부로 상당한 양의 피가 흘러내렸다.

졸지에 머리카락의 반이 뜯겨져 나간 강찬혁은 비명을 지를 뿐이었다.

왜 이런 일이 벌어졌는지 전혀 짐작도 가지 않았다.

도수는 다른 손바닥으로 강찬혁의 뺨을 후려쳤다.

빠각!

얼굴의 반이 옆으로 돌아간다.

사람이 어떻게 맞으면 이렇게 되는 것일까.

그의 몸이 붕 뜨더니 머리가 천장까지 닿은 후 바닥에 쓰러졌다.

강찬혁의 입에서는 거품이 흘러서 모텔 방바닥을 적셨다.

같이 왔던 양아치들은 지금의 상황을 이해하지 못했다.

다른 세계 현실에 온 듯 어리둥절하며 쓰러진 강찬혁을 바라만 보고 있었다.

잠깐의 시간이 지나고서야 무슨 일이 벌어진지 깨달았다.

"이 씨발 새끼가!"

그들은 칼을 빼내 들었다.

하지만 이미 늦고 말았다.

방문이 벌컥 열리며 직원들이 몰려 들어왔다. 그들의 손에는 모두 장도리가 들려 있었다. 들고 있던 장도리로 사정없이 소년들의 머리통을 내려쳤다.

쾅! 쾅! 쾅!

이제껏 때리기만 했지 맞는 것에 익숙하지 않는 그들이다.

언제 장도리로 맞을 것을 상상이나 해 봤겠는가.

머리가 부서지는 고통을 꿈에라도 생각해 보지 못했을 것이다.

"사, 사람 살려……."

소년들은 바닥에 쓰러진 채 상당한 피를 흘렸다.

얼굴이 뭉개진 소년도 있었고, 이빨이 모조리 부러진 자도 있었다.

크게 다쳐 당장 병원으로 후송하지 않으면 생명을 잃을지도 모르는 소년도 있었다.

하지만 도수와 직원들은 그들의 생명에는 관심이 없었다.

신음을 흘리며 바닥에 쓰러져 있는 그들은 두려운 눈으로 도수와 직원들을 올려다보았다. 송희를 원망하는 눈초리가 또렷하다.

송희는 그런 소년들과 눈을 마주치지 않았다.

어떡하든 그들과의 눈빛을 피하려고 한다.

도수는 의자를 가지고 와서 자리에 앉았다.

"이리 줘 봐."

도수가 직원들에게 손을 내밀었다.

한 직원이 피에 젖은 장도리를 공손히 그의 손에 놓았다.

도수는 소년들에게 아무것도 묻지 않았다. 그는 가장 가까이 있던 소년의 손등에 장도리를 내려찍었다.

꽈직!

장도리가 손등을 뚫고 들어가지는 않았는지 눈을 의심할 지경이다.

장도리는 앞부분이 손등을 움푹 파고 들어갔다.

확실한 것은 손등의 뼈가 산산조각이 났다는 것이다.

소년은 붕어처럼 입만 뻐끔거릴 뿐이었다. 제대로 된 비명도 지르지 못했다. 너무 고통스러운지 눈물이 줄줄 흘러내렸다.

도수는 다시 장도리를 들었다. 소년들이 살려 달라면서 외쳤다.

"살고 싶어?"

그들은 고개를 끄덕였다.

"살고 싶으면 진실을 이야기해야 할 거야. 그렇지 않으면……."

도수는 공포에 젖은 눈빛으로 그를 힐끗힐끗 쳐다보고 있던 한 소년의 턱을 장도리로 후려쳤다.

빠각!

턱뼈가 박살이 나며 입이 한쪽으로 돌아갔다.

소년의 입이 한쪽으로 돌아가 버렸다. 그는 눈을 뒤집고는 그대로 의식을 잃고 말았다.

도수는 발끝으로 소년을 건드렸다. 일어나지 않는다.

"깨워."

직원들이 욕실에서 찬물을 받아와 소년의 머리 위에 부었다.

바닥은 금방 물바다가 되었다.

"으으윽, 사, 사, 사려 두세요."

소년의 의식이 깨어났다.

깨어남과 동시에 참을 수 없는 고통이 밀려왔다. 그는 도수의 바짓가랑이를 잡고 목숨을 구걸했다.

도수는 다시 그의 머리통을 장도리로 갈겼다.

빠각!

소년의 머리가 깨졌다.

깨진 머리 사이로 피가 분수처럼 솟구쳤다. 소년의 피는 친구들의 온몸을 적셨다.

소년은 의식을 잃었다. 사지가 경련하는 것으로 보아 목숨이 위태롭다는 것을 알 수 있었다.

경련을 일으키고 있는 친구를 보며 소년들은 공포에 젖었다.

그들이 가장 무섭다고 생각한 피현득과는 다른 두려움이 소년들을 휘감았다.

이자도 제정신이 아니다.

"만약 진실을 말하지 않으면 이렇게 될 거야. 부디 부탁이니 어린 너희들을 토막 내서 인천 앞바다에 버리지 않게 했으면 좋겠군."

도수의 서늘한 말에 소년들은 몸서리를 칠 수밖에 없었다.

*　　*　　*

형구는 고등학교 1학년 때 자퇴를 했다.

친구들과 오토바이를 훔쳐 타다 다른 차량들을 위협해 사고를 냈기 때문이다.

그의 부모는 형구를 잡고 오열했다.

제발 그러지 말라고, 미래를 생각하라고.

하지만 형구는 짜증만 났다.

그는 부모에게 꼰대라고 화를 내며 그날로 가출을 했다.

집에 있으면 짜증만 났고, 친구들과 어울리는 것이 훨씬 재미있었다.

그러나 친구들과 어울리는 것도 한계가 있었다. 돈이 떨어지자 할 것이 없던 것이다.

유흥을 즐기기 위해서는 돈이 필요했다.

형구는 친구들과 함께 퍽치기를 시도했다. 처음에는 겁이 났지만 하다 보니 익숙해진다.

소득도 짭짤했다. 한 번은 백만 원이 넘는 현금을 얻기도 했다.

돈에 대한 감각은 없어지고, 유흥에 대한 씀씀이는 커져만 갔다.

퍽치기로도 감당하지 못할 정도의 액수였다.

그러던 어느 날, 한 친구가 좋은 건수가 있다면서 그들을 유령에게 데려다 주었다.

유령이라는 자.

사람처럼 느껴지지 않는 자였다.

그와 같은 공간에 있으면 냉동 창고에 있는 것처럼 공기가 차갑게 느껴졌다.

유령은 그들에게 한 가지 일을 시켰다. 사람을 납치해서 데려오는 일이었다.

만약 말을 듣지 않으면 죽여도 좋다고 하였다.

그제야 형구는 유령이라는 자가 장기 매매업자라는 것을 깨달았다.

처음 퍽치기를 했을 때보다 무서웠다.

아무리 막 나가는 인생이지만, 사람을 죽일 것이라는 생각은 한번도 해 본 적이 없었다.

그는 친구들에게 이 일을 하기 싫다고 말했다. 친구들도 비슷한 생각을 한 모양이었다.

그러나 그것은 그들만의 생각으로 끝나고 말았다.

유령의 얼굴을 본 이상 말을 듣든지 죽든지 해야 한다는 조직원들의 말 때문이었다.

조직원들은 그들이 보는 앞에서 한 여성의 육체를 난자했다.

피를 온몸에 뒤집어쓰고 웃는 조직원들의 모습은 악귀와 다를 바가 없었다.

그들은 형구와 친구들의 손에 칼을 쥐어 주었다. 그리고 죽은 여성을 다시 찌르라고 말했다.

도망가고 싶었다. 갑자기 엄마의 얼굴이 떠오르기도 했다.

하지만 이미 이곳에 발을 디딘 이상 그럴 수 없다는 것도 알고 있었다.

그렇게 형구는 충실한 살인 노예가 되고 말았다.

그와 친구들이 납치한 사람의 숫자는 다섯 명. 죽인 사람은 두 명이다.

처음이 무섭지 몇 번 해 보자 어렵지 않았다.

친구들끼리 낄낄 거리며 별거 아니네, 라고 말을 하기도 했다.

버는 소득도 월등히 많아졌다. 한 번 사람을 납치할 때마다 꽤나 두둑한 보너스가 생겼다.

일 한 번 하면 보름 이상은 놀고먹을 때도 있었다.

죄책감이란 그의 의식 속에서 사라졌다.

자신이 인생의 승자처럼 느껴졌다.

세상 어떤 사람이 와도 자신들을 당해 내지 못할 것이라 생각했다.

하나 그것은 꿈이었다.

꿈에서 깨어난 그에게 찾아온 것은 심장이 입 밖으로 튀어나올 정도의 공포와 두려움이었다.

벌써 두 명의 친구들이 잡혀갔다. 겉모습으로 봐서는 조직폭력배들 같았다.

형구와 친구들의 앞을 가로막은 승합차를 보며 그들은 연신 욕설을 내뱉었다.

당장 차를 치우지 않으면 머리통을 부숴 버린다는 협박도 서슴지 않았다.

승합차의 문이 열렸다.

승합차에서 건달들이 무더기로 쏟아져 내렸다.

그들 손에는 망치와 손도끼가 들려 있었다.

그들은 손속을 조금도 두지 않았다.

망치와 손도끼가 사정없이 내려찍혔다.

친구들이 망치와 손도끼에 맞아서 피를 뿌리며 쓰러졌다. 쓰러진 그들의 목에 사슬을 채워서 강제로 차에 태운다.

형구의 머릿속에 며칠 전 있었던 일들이 생각났다. 유령의 명령으로 한 회사를 습격했던 일.

평범한 직원들이 아니었다.

하지만 압도적인 머릿수로 그들의 사지를 잘랐다.

그들이 자신들에게 보복을 한다는 생각은 한 번도 하지 않았다.

왜냐고? 자신들이 승자니까.

형구는 간신히 몸을 뺐다.

친구들이 살아날 가능성은 없어 보였다.

팔다리가 손도끼에 잘린 친구들은 짐짝처럼 차에 실리고 있었다.

형구는 죽을 힘을 다해서 뛰었다.

사람이 많은 곳으로 가면 저들도 자신을 잡지 못할 것으로 여겼다.

사람이 많은 곳으로.

"사, 사람 살려."

파출소라도 찾아야 한다. 아니면 경찰이라도.

개똥도 약에 쓰려면 없다고 하더니.

지금이 그랬다.

평상시에는 북적거릴 정도로 많아 보이던 경찰들이 지금은 한 명도 보이지 않았다.

"사, 사람 살려요."

형구는 지나치는 아무 사람을 붙잡고 살려 달라고 외쳤다.

그러나 사람들은 그를 외면한다.

피로 범벅이 되고, 얼굴에는 온통 피어싱뿐이고, 머리카락은 노란 형구를…… 사람들은 혐오스런 표정을 지으며 피했다.

거칠게 그를 떼어 내며 '왜 이러세요.' 라고 말을 하는 여성들도 있었다.

누구도 그를 도와주지 않았다.

"흐, 흐익."

형구의 몸이 마네킹처럼 굳어 버렸다.

그의 정면에 정장을 입은 한 사내가 빙그레 미소를 지으며 서 있었다. 입술을 웃고 있지만 눈매는 무척이나 살벌했다.

수태였다.

그는 도수의 명령을 받고 서울 곳곳에 퍼져 있는 양아치들을 사냥하는 중이었다.

사냥의 첫째 조건, 그것은 오늘 내로 모든 것을 마무리해야 한다는 것이다.

피현득이 눈치채기 전에 놈의 본거지를 쳐야만 한다.

수태는 형구를 향해서 이리 오라고 손짓을 했다.

그는 양아치들에게 강한 분노를 느끼고 있었다.

이번에 당한 출동 대원들 중 반수가 그의 후배였다.

더군다나 기동도 중상을 입지 않았던가.

조금만 늦었어도 기동을 비롯해서 상당수가 죽임을 당했을 것이다.

겨우 저런 어린애들 때문에.

설사 놈들이 잡힌다고 하더라도 미성년자이기 때문에 큰 벌을 받지 않는다.

며칠만 유치장에 있다가 버젓이 세상을 활보할 것이 빤하다.

인간의 목숨을 우습게 하는 개자식들.

수태는 성큼성큼 형구를 향해서 다가갔다.

형구가 비명을 지르며 등을 돌렸다.

수태는 그런 형구를 향해서 손도끼를 던졌다.

손도끼가 빙글빙글 돌아가더니 형구의 등에 제대로 찍혔다. 소년은 단발마를 지르며 앞으로 굴렀다.

지나치던 사람들이 그제야 비명을 지르며 사방으로 흩어졌다.

끼이익—

승합차 한 대가 수태의 옆에 섰다. 문이 드드륵 거리며 열린다.

"팀장님."

한 직원이 수태를 불렀다.

고개를 끄덕인 수태가 형구의 머리채를 잡고 강제로 차에 태웠다.

어떡하든 차에 타지 않기 위해서 발버둥을 쳤지만 버틸 수가 없었다.

"출발."

수태가 차에 타자 승합차가 출발했다. 그 짧은 시간 동안 형구의 목과 팔목, 발목에는 사슬이 휘감겼다.

"ㅇㅇㅇㅇ."

형구는 자신이 곧 지옥을 경험하게 될 것이라는 것을 본능적으로 직감했다.

＊　　＊　　＊

아버지가 집을 나가시기 전.

모든 희망을 잃고 매일 술로 지내시던 그 시절.

도수는 그런 아버지가 싫었다.

답답하게 앉아서 가장 열정적으로 인생을 살았던 과거를 돌아보는 당신이 미치도록 싫었다.

어머니는 그런 아버지에게 아무런 말을 하지 않았다.

아버지가 소주를 사 가지고 들어오시면 속 버리지 말라고 없는 돈에 안주를 만들어 주었다.

당시에는 그런 어머니를 이해할 수가 없었다.

하지만 시간이 지나면서 조금은 그런 어머니의 마음을 이해했다.

가족을 위해서 자신의 모든 것을 태워 버린 아버지.

심지조차 남아 있지 않다는 것을 알지 못했다.

아버지는 과거를 회상하는 것도 아니었다.

단지 지쳤을 뿐.

그것을 알지 못했기에 도수는 아버지에게 소리를 질렀다.

당장 일어나서 일자리를 찾아보라고, 제발 술만 먹고 그렇게 앉아 있지 말라고.

아버지는 도수를 물끄러미 바라봤다.

그러고는 빙그레 웃었다.

그 웃음이 너무도 슬퍼 더욱 화가 치밀었다. 도수는 다시 외쳤다.

―아버지, 제발 일어서요! 엄마가 불쌍하지도 않아요? 언제까지 그렇게 술만 마실 거예요!

아버지는 끝내 아무런 말을 하지 않았다.

그날 아버지는 무척이나 취하셨다.

도수와 도영은 그런 아버지가 너무도 싫어 방에서 나오지 않았다. 어떡하든 잠이나 자려고 했었다.

아버지의 흐느끼는 소리가 들렸다.

가족들에게 보이지 않기 위해 입술을 딱 붙이고 어금니를 꽉 깨문 그런 흐느낌이었다.

왜 그랬을까.

왜 당시에는 아버지의 울음이 그토록 싫었을까.

도수는 귀를 막아 버렸다.

방문이 열리는 소리가 들렸다.

어머니도, 도수도, 도영이도 잠이 들지 않았다. 서로가 그것을 느끼지만 눈을 뜨지는 않았다.

어머니는 아버지에 대한 애처로움으로, 도수는 알 수 없는 분노로, 도영은 불길한 두려움으로 눈을 뜨지 않았다.

아버지는 가족을 돌아보며 작게 웅얼거렸다.

"도수와 도영아, 어머니를 잘 돌봐 드려라. 너희는 나처럼 되지 말거라. 부디, 가족을 지킬 수 있는 그런 남자가 되었으면 좋겠구나. 여보, 여보."

아버지는 어머니를 부르며 잠시 호흡을 멈췄다. 눈물을 흘리고 있다는 것이 등 뒤에서 느껴졌다.

"여보, 평생 함께하지 못해서 미안하구려. 정말 미안하오."

아버지는 조용히 문을 닫았다. 현관문이 열리고 닫히는 소리가 들렸다.

아버지가 밖으로 나가고 한참 뒤 어머니는 자리에서 일어나 코트를 입고 따라나섰다.

어머니는 몇 시간이나 차가운 밤바람이 부는 골목길에서 아버지를 기다리다 돌아왔다.

아버지는 돌아오지 않았다.

영원히.

아버지의 음성을 들은 것은 그때가 마지막이었다.

아버지는 어떤 마음으로 가족의 곁을 떠났을까.

같이 있기만 하더라도 가족에게 큰 힘이 된다는 것을 모르셨을까.

아니면 더 이상 인생의 무게를 감당하기 힘드셨을까.

아직도 아버지의 마지막 음성이 귓가에 맴돈다.

가족을 지킬 수 있는 그런 남자가 되라는.

아무것도, 아무도 지키지 못했는데…….

도수는 천천히 눈을 떴다.

꿈인가.

도수의 한쪽 눈동자에서는 이슬처럼 한 방울의 물방울이 맺혀 있었다.

작아진 아버지의 등이 머릿속을 가득 메웠다. 그렇게 떠나신 아버지의 슬픈 뒷모습이.

가족을 지킬 수 있는 남자가 되라는 말도 함께…….

"회장님, 일어나셨습니까?"

차문이 열리며 수태가 살짝 고개를 넣었다.

도수는 고개를 들었다.

창고 안에는 스무 명이 넘는 직원들이 만반의 준비를 갖추고 있었다.

아무래도 도수가 깰 때까지 기다리고 있었던 모양이다.

"깨우지 그랬나."

"아닙니다. 저희도 이제야 모두 모였습니다."

"알아냈나?"

"그렇습니다."

수태는 고개를 끄덕였다.

도수는 차 문을 열고 밖으로 나갔다. 피를 뒤집어쓴 기현과 실현이 다가와 양아치들에게서 알아낸 정보를 모두 말해주었다.

"놈들은?"

"일단 살려 뒀습니다. 이번 일이 끝나면 풀어 줄 생각입니다. 하지만 정상인으로 살아가기는 어려울 것입니다. 일반인들에게 해코지를 하지도 못할 테고요."

"잘했어."

놈들은 자신들이 했던 짓에 대해서 대가를 치러야 한다. 단순히 돈을 벌기 위해서, 단순히 재미로, 사람을 죽여서는 안 되는 것이다.

설사 미성년자라고 하더라도 잘 몰랐다는 말로 포장되어서는 안 된다.

"몇 명이나 모였나?"

"스물다섯 명입니다."

최대한 회사가 돌아가는 척 하면서 빠져나온 숫자다. 이 정도면 적지 않은 인원이었다.

도수는 직원들의 앞으로 걸어갔다.

직원들의 시선이 모두 도수에게로 향했다. 그들의 눈빛은 살기를 띠고 있었다.

오늘 오전 습격을 당했던 한 직원이 뇌사 상태에 빠졌다는 연락을 받았다.

다른 직원들 역시 짧게는 보름에서 길게는 석 달 이상 병원 신세를 져야만 했다.

그들이 습격 받을 이유는 하나도 없었다.

모두가 유령, 피현득에 대해서 강한 살기를 느끼고 있었다.

김종민 때보다 더욱 큰 살의였다.

도수는 직원들을 훑어보았다.

울분에 차 있는 모습이다. 당장이라도 뛰쳐나가 놈들과 사생결단을 할 것만 같았다.

"오늘이 되기 전까지 우리는 평범한 회사원이 되길 노력했다."

도수의 입이 열렸다.

전원이 입을 굳게 다물고 그의 말을 경청한다.

"하지만 오늘 하루는 예전으로 돌아간다. 너희는 내 가족이고, 가족이 큰 상처를 입었다. 전원 이빨을 드러내라. 가족에게 상처를 입힌 놈들을 찾아서 너희의 이빨이 얼마나 무서운지 보여 줘라!"

"와아아아아!"

직원들이 주먹을 불끈 쥐며 허공을 향해서 들어 올렸다.

그들의 함성이 창고 안으로 가득 메웠다.

"전원 출발!"

직원들은 창고 밖으로 나가 각자의 차량에 탑승했다. 차량들의 라이트가 켜지며 곧바로 출발한다.

어둠 속에 숨어 많은 사람들의 목숨을 가지고 놀던 유령의 끄집어내어 끝장을 내기 위함이었다.

10.
살인 중독

CITY OF
WILD BEAST

상준은 초조한 표정을 짓고 있었다.

오늘 자정까지 이곳으로 모이라고 한 병력들이 모이지 않고 있었기 때문이다.

반수 이상이 시간을 지키지 않았다.

그는 피현득의 오른팔이라 할 수 있는 송재준에게 물었다.

"왜들 안 오는 거지? 오늘 분명 병력을 모은 후 도수를 치기로 하지 않았나?"

"맞소."

"그런데?"

"잠시만 기다려 보시오."

재준은 짜증 섞인 목소리로 눈살을 찌푸렸다.

자꾸 귀찮게 하지 말라는 표정이 역력하다.

울컥 치밀어 오르는 상준이었지만, 억지로 참아 낸다. 그가 이곳에서 할 수 있는 것은 아무것도 없었다.

가족도 버리고 피현득에게 몸을 의탁하고 있는 그가 아니던가.

돈도 없고, 그를 따를 조직원들도 없었다. 맨 몸뚱이 하나뿐이었다.

이렇게나마 몸을 의탁할 수 있는 것은 피현득과 그가 오래 전부터 알고 지낸 사이, 동창생이기 때문에 가능한 일이었다.

동창생? 아니다.

정확히는 돈 때문일 가능성이 높다.

상준은 도수에게서 재산을 찾으면 반을 내놓기로 약조를 했다.

수십 억이 넘는 엄청난 돈이었다.

아무리 냉혹한 살인광인 현득이라도 하더라도 돈을 마다하지는 않는다.

현득은 동창생이라고 살려 둘 위인이 아니었다.

재준은 계속해서 어딘가로 전화를 걸었다. 행동으로 봐서는 받지 않았다.

"여기서 기다리시오."

그는 그 말을 마지막으로 건물 최상층으로 올라갔다.

피현득이 있는 곳이다. 어디를 가든 현득은 건물 최상층에 있는 것을 좋아했다.

그것 말고는 좋아하는 것이라고는 없었다.

살인광 주제에 담배도 술도 멀리한다. 여자도 좋아하지 않았다.

딱 하나 즐기는 일이 있다면 사람을 죽일 때 큰 희열을 느낀다는 것 정도.

재준이 밑으로 내려왔다. 그는 상준에게 고개를 까닥거렸다.

"올라오시오."

똥 씹은 표정을 지은 상준이 그를 쫓아서 상층으로 올라갔다.

상준은 주위를 돌아보며 생각했다.

이런 폐건물은 기가 막히게 잘 찾는다.

인천 도시 한복판에 이런 건물이 있으리라고는 생각하지 못했다.

물론 이제 막 분양이 되고 있는 신도시라 인구가 무척 적기는 하지만.

오산에 있던 그 건물과 구조도 비슷했다.

역하고, 냄새 나고, 피냄새가 풍기는 그런 구조 말이다.

재준이 문을 열어 주었다.

문 안쪽에서부터 강렬한 피냄새가 시멘트 냄새와 뒤섞여 풍기고 있었다.

도대체 안에서 무슨 일을 벌이고 있는 거야.

꿀꺽.

상준은 마른침을 삼켰다.

놈과 함께 있으면 온몸에 피가 마르는 느낌이다.

같은 인간의 상식을 가진 자라고는 생각이 들지 않았다. 그만 다른 세상에서 온 것 같았다.

'살인광 새끼.'

저런 놈과 고등학교 동창이라는 것이 믿기지 않는다.

최상층은 별 게 없었다.

시멘트 기둥들이 곳곳에 있고, 기둥을 뚫고 나온 흉물스러운 철제들이 가득하다.

상준은 가장 안쪽으로 걸어갔다.

바닥에 먼지가 쌓여서 걸을 때마다 먼지가 풀썩거렸다. 그는 손바닥으로 코와 입을 가렸다.

조금 더 안쪽으로 들어갔다.

그리고 그는 그대로 걸음을 멈추고 말았다.

"우에에에엑."

갑자기 치밀어 오르는 구토를 참지 못하고 기둥을 잡고 속에 있는 것을 게워 냈다.

저, 저런 미친 새끼.

그렇지 않아도 미친놈이었다.

하지만 지금 하는 짓은 완전히 미치지 않고서야 저런 짓을 할 수가 없었다.

피현득은 실오라기 하나 거치지 않고 서 있었다.

갈비뼈가 보일 정도로 앙상한 그의 몸이 볼품없다. 근육이라고는 찾아볼 수가 없었다.

그럼에도 그는 다가갈 수 없는 살벌한 기운을 풍겼다.

현득에 손에는 칼이 들려 있었다. 앙상한 몸은 온통 피투성이였다.

그의 앞에는 팔목에 사슬이 감겨 꼼짝도 할 수 없는 사내가 있었다.

처음 보는 사내.

현득은 그의 배를 가르고 있는 중이었다.

마치 소나 돼지를 도륙하는 것처럼.

피가 바닥에 흥건하고 사내는 고개를 밑으로 푹 숙이고 있었다.

조금씩 움찔거리기는 하지만 숨이 붙어 있는 것 같지가 않았다.

현득은 아랫도리가 강하게 발기된 채 꼿꼿하게 서 있었다.

그의 입술은 미묘하게 옆으로 뒤틀렸고, 눈빛에서는 광기가 또렷하게 떠올랐다.

현득이 고개를 돌려 상준을 바라봤다. 그의 눈빛에 상준은 자신도 모르게 움찔거렸다.

"이 새끼, 도영이 닮지 않았어?"

현득은 칼로 죽은 사내를 가리키며 물었다.

"뭐?"

이해를 하지 못한 상준이 되물었다.

갑자기 도영이를 왜 꺼낸다는 말인가.

하긴 과거의 기억을 떠올리면 현득은 이상할 정도로 도영이에 대해서 집착을 했다.

아니, 악의적인 감정을 가지고 있었다.

그렇기에 그런 일을 뒤에서 꾸민 것인지도 모르지만.

왜 그럴까.

종종 궁금하기는 하지만 묻지는 않았다. 그러기에는 현득이라는 존재가 너무 무서웠다.

"이 새끼, 도영이 닮지 않았냐고."

현득이 다시 물었다.

"잘 모르겠는데."

"잘 봐봐."

현득은 죽은 사내의 턱을 잡고 고개를 들었다.

눈꺼풀을 감지 못하고 부릅뜨고 있었다.

원한보다는 공포와 절규가 가득 담긴 눈빛이었다.

"그 자식하고 비슷하잖아."

비슷하다는 말을 듣고 싶은 것인가.

미친놈을 이해할 필요는 없었다. 그저 맞춰 주면 될 일.

"그런 것 같군."

"흐흐, 오랜만에 도영이 생각나서 좋네."

"그나저나 넌 왜 그렇게 도영이를 미워하는 거지?"

정말 궁금했던 말이었다.

10년간 한번쯤은 묻고 싶었다. 그렇지만 입에서 떨어지지가 않았다.

지금은 왜 그런 말이 나왔는지 모른다. 끝까지 입을 다물고 있었는데.

현득의 움직임이 멈췄다. 고개를 갸웃거린다. 뭔가를 생각하는 눈치였다.

그는 수건으로 몸에 묻은 피를 닦았다.

"내가 도영이를 미워하는 것처럼 보였어?"

"아니었어?"

상준이 되물었다.

"뭔가 단단히 착각하고 있군."

몸에 피를 닦아 낸 현득은 옷을 챙겨 입었다.

고급 와이셔츠를 입고, 명품 시계를 차고, 맞춤 정장을 입었다.

헝클어졌던 머리를 깔끔하게 위로 넘겼다.

누가 봐도 살인광으로 보이지 않는다. 평범하지만 동안이라 대학생으로 보이기까지 했다.

"……."

상준은 말없이 현득의 속내를 듣기 위해 기다렸다.

옷을 모두 챙겨 입은 현득은 상준을 보며 물었다.

"빛과 그림자가 뗄 수 있는 존재라고 생각해?"

"뭐?"

뜬금없는 말이었다.

"묻는 말에 대답해 봐."

"아니, 빛이 있어야 어둠이 있는 거지."

"맞아. 세상은 양분화가 되어 있지. 남자가 있어야 여자가 있고, 태양이 있어야 달이 있고, 바다가 있어야 육지가 있고, 천사가 있어야 악마가 있는 법이지."

"그래서?"

"내가 고등학교 때 어떻게 지냈는지 알지?"

"알아. 무척 조용했었지."

"맞아. 나는 세상에 관심이 없었거든. 당시에 내가 관심이 있던 것은 동물의 사체뿐이었으니까."

상준은 살짝 미간을 좁혔다.

그때부터 소시오패스로서 각성이 시작되었던 것 같다.

도대체 놈의 부모라는 자는 무엇을 했는지 자식이 이렇게 될 때까지 내버려 뒀는지 모르겠다. 물론 자신이 할 말은 아니지만.

"도영은 어땠는지 알지?"

현득이 다시 물었다.

"그래. 그 자식은 학교의 우상이었지. 공부, 운동 등 못 하는 것이 없었으니까. 키도 컸고, 잘생기기까지 했으니. 거기다 성격도 무척이나 좋았지, 의리도 있고. 집이 망하지만 않았다면 모든 것을 가졌을 거야."

"너랑은 접점이 없는 것 같은데."

"맞아. 도영이 빛이라면 나는 그림자. 도영이 태양이라면 나는 달이었지. 나는 그런 존재였어."

"너무 자신을 낮춰 잡는 것이 아닌가."

"계급으로 나누는 것이 아니야. 추상적인 관계를 얘기하는 거지."

"이해가 되지 않아."

"굳이 이해할 필요는 없어. 네가 물어보기 때문에 대답을 해 주는 것뿐이니까."

"음, 그래서?"

"그림자는 항상 어둠 속에서 있어야 하지. 어둠은 빛을 동경해. 보고만 있어도 따뜻하거든. 반면 빛은 어둠을 경멸하지. 어떡하든 멀리하려고 해. 두려워하기도 하고. 하지만 서로는 결코 닿아서는 안 되지. 닿으면 소멸이 되니까."

"너는 도영이를 동경했다는 말인가."

"맞아. 나는 도영이를 동경했어. 무척이나 아름다웠지. 남자가 그렇게 아름다울 수 있다는 것을 처음으로 알았어."

"그런데 왜?"

왜 그런 짓을 저질렀지, 라는 말이 입안에서 맴돌았다.

"왜 그런 일을 했냐고?"

속이 뜨끔거렸다.

역시 놈을 속이기란 쉽지가 않았다.

고등학교 시절에 무엇을 해도 눈에 띄지 않던 놈이었지만 상대의 심리는 파악하는 것만큼은 기가 막힐 정도로 뛰어났다.

"놈이 나에게 도움의 손길을 줬거든."

상준은 머릿속이 어지러워졌다.

도움의 손길을 준 것과 그의 가족을 말살하려는 것과는 전혀 연관이 되지 않았다.

도저히 자신의 상식으로는 현득의 머리를 이해하기 어려웠다.

"나는 그림자야. 결코 빛과 만나서는 안 되지. 빛과 그림자가 만나게 되면 어느 쪽이든 하나는 소멸할 수밖에 없어."

"소멸할 수밖에 없다라……."

"대답이 됐는지 모르겠군."

자신의 머리로는 현득의 대화를 쫓아갈 수가 없었다.

그래도 조금은 이해가 될 듯하다.

둘은 상극인 것이다.

물과 기름.

서로에게 없는 것을 동경하는 이해할 수 없는 관계.

"한 가지 더."

"뭐지?"

"도영이의 형, 너의 말을 따르자면 도수와 너도 빛과 그림자인가."

"아니."

"그럼? 왜 그렇게 그에게 집착하는 거지? 놈이 우리의 과거를 파헤치기 때문에?"

"아니야."

현득은 고개를 흔들었다. 그의 눈빛이 다시금 서늘하게 변해 간다.

"놈은 나와 같은 어둠이야. 도영과는 다르지. 그래서 싫어. 나보다 깊은 어둠이 있다는 것 자체가 견딜 수 없게 만들어. 같은 어둠이 존재한다면 더욱 깊은 어둠이 살아남을 수밖에 없어."

"도수와 끝까지 갈 생각인가."

"당연하지."

"솔직히 말하지. 지금 너의 병대라고 할 수 있는 아이들이 도착하고 있지 않아. 어쩌면 이미 놈들에게 이쪽 위치가 탄로 났을 수도 있어. 지금은 아니라고 보는데. 그분께 연락을 하는 것은 어때?"

"웃기는 소리. 그 자식과는 상종도 하고 싶지 않아."

"왜?"

"가장 깊은 어둠이니까. 꼴도 보기 싫어."

"잘못하면 이쪽이 당할 수도 있잖아."

"길고 짧은 것은 대봐야 아는 거야. 자, 너도 준비하라고. 오늘 밤이 가기 전 가장 화려한 지옥이 펼쳐질 테니까."

현득은 소름끼치게 웃으면서 말했다.

그의 웃음을 듣고 있자니 자신도 모르게 털들이 곤두서는 것을 느끼는 상준이었다.

*   *   *

도수는 불이 켜진 5층 건물을 바라보았다.

양옆으로는 아직 완공이 되지 않은 건물들이 줄지어 있었다.

곳곳에서 짓다 만 건물들도 눈에 띤다.

종종 24시간 편의점이 눈에 띠고 원룸 주택들도 보이기는 했지만, 도시로서 제대로 된 기능을 하려면 몇 년은 흘러야 될 것 같았다.

건물 앞에는 스무 명 정도의 양아치들이 옹기종기 모여 앉아 담배를 펴 대고 있었다.

그 외에는 다른 사람들이 보이지 않았다.

하지만 건물 안에 상준과 현득이 있다는 것은 확실하다.

본능이 그렇게 외치고 있었다.

놈들이 어떤 식으로 나올지 예상을 할 수는 없었다.

하나 자신의 목숨을 가져가기 위해서 만반의 준비를 하고 있다는 것쯤은 알 수가 있었다.

"형님, 준비됐습니다."

기현이 도수에게 다가왔다.

도수는 고개를 끄덕였다.

그는 건물에서 멀찌감치 떨어진 도로에서 두 대의 덤프트럭을 보았다. 라이트와 시동은 꺼 놓은 상태.

두 명의 직원들이 핸들을 잡고 금방이라도 뛰어나갈 것 같은 표정을 짓고 있었다.

다른 직원들은 모두 승합차에서 내려 칼과 쇠파이프를 들고 준비를 마쳤다.

도수도 가죽 장갑을 꼈다. 장갑 앞에는 징이 박혀 있었다. 징이 박힌 장갑이 칼이나 쇠파이프보다는 움직이기 훨씬 편했다.

시계를 보았다.

자정을 넘어 시간은 새벽 1시를 가리키고 있었다.

바로 오늘.

놈들을 잡아 모든 죄를 물을 것이다. 진실과 함께.

"압구정 파나 대치동 파와의 항쟁 때와는 다를 것이다. 어떤 이권을 위해서 싸우는 것이 아니다. 놈들은 우리를 죽이려고 할 것이다. 우리도 죽이려는 각오로 임해라."

"알겠습니다."

도수의 말에 직원들이 살벌한 눈빛을 빛냈다.

"가라. 가서 끝장을 내자."

"와아아아!"

직원들이 함성을 질렀다.

생사를 건 사투라는 것은 이 중에서 누구도 해 보지 못했다.

온갖 싸움에 길들여져 있는 그들이지만, 두려움이 없을 수는 없었다.

그들은 배에 기합을 넣으며 있는 힘껏 소리쳤다. '놈들을 끝장 내자' 라고 외치면서.

그들이 달리기 시작했다.

건물 앞에서 서성거리고 있는 놈들과의 거리는 길지도 짧지도 않았다.

대략 20초 안에 전력 질주를 한다면 닿을 수 있는 거리다.

놈들이 방어 태세를 갖추기 전에 도달을 해야만 했다.

물론 그전에 강렬한 한 방을 먹일 테지만.

부르르르릉.

덤프트럭에도 시동이 걸렸다. 상향등이 켜지며 사방을 밝게 빛낸다.

새로 깔린 아스팔트와 전등만이 신도시를 밝히고 있었다.

밤이 되면 차량의 소통은 극단적으로 줄어든다.

오지에 있는 시골처럼 아주 간혹 지나치는 차량이 보일 뿐이었다.

그렇기에 두 대의 덤프트럭이 내는 시동의 굉음은 무척이나 크게 울렸다.

위이이이잉.

RPM이 쭉쭉 올라가는 소리가 들린다.

차 바퀴는 금방이라도 튀어나갈 것처럼 흰 연기를 피어냈다.

곧 이어 두 대의 덤프트럭이 동시에 출발했다.

중앙선을 가로지르며 덤프트럭이 맹렬하게 건물로 향했다.

양아치들이 놀라서 벌떡 일어서는 것이 보였다. 하지만 그들이 움직이는 것은 조금 늦고 말았다.

콰직!

콰지지직!

"으아아아악! 내 다리, 내 다리."

"씨발, 민중이가 깔렸어."

온갖 비명이 난무한다.

맹렬한 속도로 달리던 두 대의 덤프트럭에 의해서 다섯 명의 양아치들이 깔리고 말았다. 두 명은 피하지 못하고 치어서 수십 미터를 날아갔고, 세 명은 덤프트럭 바퀴에 깔리고 말았다.

덤프트럭이 슬쩍 튕겨지면서, 놈들의 팔과 다리는 압축기에 눌린 것처럼 부서졌다.

놈들은 대혼란에 빠졌다.

유령에게는 아무런 말을 듣지 못했다. 이곳에서 대기하라는 말만 들었을 뿐이다. 누구의 접근도 허락하지 말아야 한다면서.

누군가가 습격을 한다는 말은 금시초문이었다.

"씨발, 뭐야! 이거 뭐냐고!"

얼굴이 여드름이 가득 난 소년이 절규했다.

조금 전 덤프트럭에 의해서 동고동락을 하던 두 명의 친구가 덤프트럭 밑에 끌려 들어가 사라지고 말았다.

쿠쿠쿠쿵!

콰콰콰콰쾅!

두 대의 덤프트럭은 속도를 줄이지 못하고 건물 벽을 들이박았다.

건물 전체가 들썩거릴 정도로 엄청난 충격이었다.

"개새끼들! 죽여!"

양아치들은 덤프트럭을 향해서 뛰어갔다.

그리고 창문을 깨고 타고 있던 직원들을 끌어내렸다. 안전벨트를 하고 있었지만, 너무 큰 충격 때문인지 직원들은 정신을 차리지 못했다.

양아치들을 꺼내 든 칼로 직원들의 사지를 찔러 댔다. 친구들에 대한 보복이었다.

그들은 덤프트럭을 운전한 사람들이 누구인지, 누가 시켰는지, 어디서 왔는지, 어떤 조직인지, 아무것도 묻지 않았다.

그러 울분으로 앞뒤 가리지 않고 직원들의 육신을 난도질한다.

두 명의 직원은 칼을 빼내 들고 저항하려 했지만 너무 늦고 말았다.

그들은 피투성이가 된 채 바닥에 쓰러져 움직이지 못했다.

"어? 저, 저기!"

양아치들 중에 한 명이 덤프트럭이 달려온 곳을 향해서 손가락을 가리켰다.

쇠파이프와 정장을 입은 사내들이 빠른 속도로 그들을 향해서 뛰어오고 있었다.

덤프트럭의 의해서 시선이 빼앗겨 그들이 달려오는지 보지 못했다.

직원들과 양아치들과의 거리가 눈 깜짝 할 사이에 좁아졌다.

"죽여!"

"막아!"

양측의 고함 소리가 한꺼번에 터졌다.

가장 선두에 섰던 기현이 자신을 향해서 칼을 찌르는 양아치를 향해 쇠파이프를 휘둘렀다.

칼이 닿기 전에 쇠파이프가 먼저 소년의 머리에 명중했다.

'깡' 소리가 나며 소년의 머리가 움푹 파이고 말았다.

눈동자가 반쯤 앞으로 튀어나올 정도의 충격이었다.

두개골이 반쯤 부서진 소년은 그대로 의식을 잃고 쓰러지고 말았다.

다른 사람에 비해서 기현은 무척이나 이성적이다.

어떤 상황에서도 흥분을 하는 일은 없었다.

하지만 이번만큼은 달랐다.

피현득이라는 자.

이자의 의해서 많은 후배들이 목숨을 잃고 말았다.

더군다나 자신들을 습격한 자들은 살인에 맛을 들인 10

대 청소년들.

도저히 용서가 되지 않았다.

모조리 쓸어버릴 생각이다.

그리 크지 않은 덩치지만 재빠른 몸놀림으로 두 명의 양아치들을 쓰러트린 기현이 안쪽으로 더욱 파고들었다.

앞이 열리자 직원들이 성문을 뚫은 병사들처럼 우르르 밀고 들어왔다.

푹! 푹!

"아아아아악!"

두 명의 소년들이 얼굴을 부여잡았다.

손가락 사이로 엄청난 양의 피가 솟구치고 있었다.

이마에서부터 좌측 입술까지 대각선으로 흉측한 자상이 생겼다.

연한 살이 벌어졌고, 눈알이 반쪽으로 잘렸으며 입술이 반 토막 났다.

소년들은 양손으로 얼굴을 감싸고 울부짖을 수밖에 없었다.

그렇지만 그들을 돌봐 줄 사람은 아무도 없었다.

그들이 서 있는 곳은 죽음과 삶이 교차하는 아수라장의 한복판이다.

비명을 지른다고 해서 봐줄 사람도 없었다.

몇몇 직원들이 비명을 지르고 있는 소년들의 배에 칼을 쑤셔 넣었다.

칼을 옆으로 긋자 반으로 갈라진다.

배가 갈라지며 장기들이 쏟아져 나왔다.

소년들은 자신들이 겪고 있는 상황이 믿어지지가 않았다.

그들은 한 손을 밑으로 내려 쏟아지는 장기를 잡았다. 장기를 안으로 넣을 수가 없었다.

"엄마! 엄마!"

누군가 엄마를 찾으며 울부짖었다.

들고 있던 칼을 떨어트리고 잘린 자신의 한쪽 손목을 든 채로.

빠각!

누군가 소년의 뒤통수에 쇠파이프를 내려쳤다. 충격을 받은 소년의 코에서 엄청난 양의 피가 튀어나왔다. 그리고는 앞으로 고꾸라져 다시는 일어서지 않았다.

애당초 상대가 되지 않는다.

현율 실업의 직원들은 전문적인 싸움꾼들이었다.

비록 죽고 죽이는 살육의 현장에 있다고 하더라도 좀처럼 무너지지가 않는다.

그러나 양아치들은 그렇지 않았다.

자신들이 죽이는 살인 게임만을 해 봤지 이토록 일방적으로 당한 적은 단 한 번도 없었다.

싸움이 성립되지 않는 것이다.

양아치들의 진열은 빠르게 무너졌다.

곳곳에서 칼을 버리고 도망치는 소년들도 생겨났다.

피투성이가 돼서 차가운 시멘트 바닥에 쓰러진 양아치들은 반이 넘었다.

반면 현율 실업의 직원들은 건재하다. 처음 덤프트럭으로 선발대 역할을 했던 직원들을 빼면 중상을 입은 사람은 한 명도 없었다.

"사, 사람 살려!"

"으아아아악!"

양아치들이 등을 돌렸다.

그들을 놓아 줄 직원들이 아니었다.

그동안의 당했던 울분이 한꺼번에 터진다. 몇몇 직원들이 손도끼를 꺼내 그들을 향해서 던졌다.

꽈직!

손도끼는 등과 목에 꽂혔다. 그들은 앞으로 쓰러져서 일어나지 못했다.

무사히 도망친 소년들은 겨우 두 명에 불과했다.

"계속 몰아친다. 건물로 진입해!"

기현이 소리쳤다.

그의 목소리에 맞춰 실현이 앞장선다. 그의 부하 직원 다섯 명이 뒤따랐다.

그들은 곧바로 건물 안으로 진입해서 계단을 뛰어 올라갔다.

엘리베이터는 가동을 하지 않는지 등이 꺼져 있었다. 어차피 엘리베이터는 이용할 수가 없었다. 놈들이 어떤 식으로 나올지 모르기에.

"자, 잠깐만요,. 과장님!"

한 직원이 실현을 불러 세웠다. 가장 선두에서 몇 계단씩 뛰어오르던 실현이 멈췄다.

"왜?"

"바닥, 바닥에서 휘발유 냄새가 납니다."

"뭐?"

순간 모두의 등골이 오싹해졌다.

아니나 다를까. 허공에서 불을 붙인 신문지 한 장이 떨어져 내리고 있었다.

"모두 건물 밖으로 나가!"

실현이 소리쳤다. 2층까지 올라갔던 실현은 창문을 깨고 밖으로 뛰어내렸다.

골절상은 엎거나 머리부터 떨어지면 목이 부러질 수도 있는 높이였지만, 더운 밥, 찬밥을 가릴 때가 아니었다.

퍼퍼퍼퍼퍼펑!

실현이 외치고 몇 초도 되지 않아 1층 거의 모든 곳에서 폭발이 일어났다.

창문들이 모조리 깨져 나갔고, 건물 전체가 들썩거렸다.

"으아아아악!"

실현은 간신히 1층으로 뛰어내렸다고 하지만, 부하 직원들은 그토록 재빠르게 움직이지 못했다.

그들은 몸에 불을 붙이고 비명을 지르며 걸어 나왔다.

휘발성이 강해서 빠르게 불길이 치솟는다.

살이 타는 역겨운 냄새가 더운 바람을 타고 사방으로 흩어졌다.

"빨리 불을 꺼라! 빨리!"

기현이 앞장서서 달려 가장 앞에 있던 부하 직원의 몸에 붙은 불을 껐다. 손바닥에 불이 옮겨 붙었지만, 그것을 생각할 겨를이 없었다.

아직 건물 밖에 있던 직원들도 윗도리를 벗어 불이 붙은 동료들의 불길을 꺼 주었다.

그 짧은 시간 동료 직원들의 살이 시커멓게 타 버리고 말았다.

그들은 바닥에 쓰러진 채 가늘게 숨을 내쉴 뿐이었다.

"너희들은 화상을 입은 직원들을 병원으로 옮겨라! 어서!"

기현이 처절할 정도로 다급하게 소리쳤다.

그의 부하 직원들이 달려와 조심스럽게 화상을 입은 직원들을 일으켰다.

조금만 움직여도 화상을 입은 직원들은 끔찍한 비명을 질러 댔다.

그때였다.

피이이잉!

퍼퍼퍼펑!

3층과 4층에서 뭔가가 빙글빙글 회전을 하며 날아왔다.

그것은 바닥에 떨어져 깨지며 엄청난 불길을 만들어 냈다.

"으아아아악!"

두 명의 직원들이 다시 불길에 휩싸였다.

"화염병이다! 모두 놈들의 사정거리에서 벗어나라!"

기현을 비롯해서 각 부서의 팀장들이 목이 터져라 외쳤다.

퍼퍼퍼퍼퍼펑!

건물 주변을 모조리 불태우겠다는 듯이 화염병은 쉴 새 없이 날아왔다.

놈들은 쓰러져 있던 양아치들의 생사에는 관심이 없는 모양이다.

크게 다치기는 했지만, 아직 숨이 끊어진 양아치들은 없었다.

문제는 그들을 돌볼 사람이 없다는 것이다.

현율 실업의 부상자들은 동료들이 급히 끌어당겨 사정거리에서 벗어났지만 양아치들은 그렇지 못했다.

스무 명이 넘는 양아치들은 그대로 불길에 휩싸이고 말았다.

정신을 잃었지만, 살아 있던 그들이다.

양아치들은 엄청난 고통에 고개를 들고 비명을 질러 댔다. 온몸에 붙은 불을 끄기 위해서 이리저리 굴렀지만 쉽사리 꺼지지가 않았다.

간신히 불을 껐다고 하더라도 다시 떨어지는 화염병에 의해서 두 번째로 불이 붙고 말았다.

한 편의 지옥도가 펼쳐져 있었다.

"이, 이, 잔인한 새끼들."

기현은 욕설을 내뱉었다. 도저히 참을 수가 없을 만큼의 역겨움이었다.

더욱더 상준과 피현득에 대해서 분노가 치솟아 올랐다.

놈들에게 인간의 목숨이란 하등 가치가 없었다.

어찌 이리도 잔인하게 사람의 생명을 앗아 간다는 말인가.

"실장님, 이제 어쩌실 겁니까? 놈들에게 화염병이 있는 이상 접근하기가 쉽지 않습니다."

실현이 다가와 물었다.

그의 왼팔도 불에 그을려 시커멓게 죽어 있었다.

놈들의 건물에서 탈출하는 와중에 부상을 입은 것으로 보였다.

"됐어. 어서 부상자들을 병원으로 옮기도록 해."

"네? 아니, 놈들을 내버려 두고요?"

실현은 당황한 듯 물었다.

부상자들은 당연히 옮겨야 한다.

하지만 이대로 물러날 수는 없었다.

반드시 상준과 피현득을 잡아야 한다고 하지 않았던가.

부상자가 많다고 해서 물러나면 다시는 놈들을 잡지 못할 수가 있었다.

"물러나는 것이 아니다. 잠시 놈들의 시야에서 몸을 숨기는 것뿐이야."

역시 이해가 되지 않는다.

실현은 고개를 갸웃거렸다.

"놈들에게 바이러스가 침투했거든."

"바이러스요?"

"그래, 사나운 이빨을 가진 바이러스가."

"서, 설마. 회장님이……."

그러고 보니 도수가 보이지 않았다.

워낙 치열하게 싸움이 전개되고 있어서 미처 눈치채지 못하고 있었다.

싸움이 벌어지고 있는 사이 회장님이 사라졌다. 그가 어디로 갔을지는 충분히 예상된다.

"이제부터다. 놈들이 지옥을 맛보는 것은."

건물을 바라보고 있는 기현의 눈빛이 어느 때보다도 차갑게 식고 있었다.

〈『맹수의 도시』 제7권에서 계속〉

WILD BEAST City

맹수도시

1판 1쇄 찍음 2014년 5월 26일
1판 1쇄 펴냄 2014년 5월 29일

지은이 | 동 은
펴낸이 | 정 필
펴낸곳 | 도서출판 **뿔미디어**

편집장 | 이재권
기획 · 편집 | 윤영상

출판등록 | 2002년 9월 11일 (제1081-1-132호)
주소 | 경기도 부천시 원미구 상동로 117번길 49(상동) 503호 (우)420-861
전화 | 032)651-6513 / 팩스 032)651-6094
E-mail | bbulmedia@hanmail.net
홈페이지 | http://bbulmedia.com

값 8,000원

ISBN 979-11-315-1978-3 04810
ISBN 978-89-6775-985-8 04810 (세트)

도서출판 뿔미디어 홈페이지 OPEN!!

안녕하세요.
지금껏 저희 뿔미디어를 응원해 주신
독자님들의 성원에 힘입어
이번에 새롭게 홈페이지를 오픈하였습니다.

저희 뿔미디어는 홈페이지에서 독자님들께서
보다 빠른 출간 소식과 미리보기 등
알찬 내용을 제공하기 위해 많은 노력을 기울였습니다.
또한 독자님들에게 도서 할인, 이벤트 등
다양한 혜택을 제공하고자 합니다.

저희 뿔미디어 홈페이지 오픈을 계기로
한층 더 독자님들과 가까워질 수 있는 기회가 되었으면 합니다.

보다 많은 관심과 사랑 부탁드리며,
앞으로도 더 좋은 컨텐츠 제공에 힘쓰도록 하겠습니다.

감사합니다.

-도서출판 뿔미디어 올림-

www.bbulmedia.com

www.bbulmedia.com